Stephan Franke

Der Kenner stirbt im Frühling

Eine fantastische Bestattersatire

xlibri.de

Gewidmet meiner Frau Karola, die mich davon abgehalten hat, einen Ratgeber für Gebrauchtsärge zu schreiben.

Aktuelle Kabarettinfos:
http://www.stephan-franke.de

Letzte Sinnanfragen:
Stephan_Franke_Kabarett@gmx.de

Titelbild: Karola Franke
Layout: xlibri.de Fuchstal
Druck: AZ Druck und Datentechnik GmbH, Kempten

ISBN 978-3-940190-24-6

1

Missgelaunt wie an jedem Morgen ging Günther Schmidter vor dem Frühstück zum Briefkasten, um die Tageszeitung zu holen. Während sich andere Zeitungsabonnenten mithilfe der Zeitung ihr Frühstück versüßen, war diese für Günther Schmidter jedoch stets ein Quell des Missbehagens.

Natürlich konnte auch er sich wie jeder durchschnittliche Zeitungsleser an Katastrophenberichten jedweder Art erfreuen, besonders wenn sie sich an seinem niederrheinischen Heimatort oder in der näheren Umgebung zugetragen hatten. Natürlich schmeckte der Frühstückskaffee nach dem Genuss einer solchen Meldung über eine Brandstiftung, ein handgreiflich ausgetragenes Ehedrama oder einen spektakulären Verkehrsunfall und der damit einhergehenden persönlichen Entrüstung noch etwas besser.

Jedoch hatte Günther Schmidter wie alle Angehörigen der Generation 50-plus die Angewohnheit, stets zuerst die Traueranzeigen zu lesen. Und während bei anderen Zeitungslesern Traueranzeigen die gleiche beruhi gende Wirkung haben wie Berichte über Katastrophen, die einem selbst Gott sei Dank nicht zugestoßen sind, lösten Traueranzeigen bei Günther Schmidter seit gut zwei Jahren stets Unbehagen aus.

Jeder normale Mensch jenseits der 50 freut sich zu lesen, dass es mal wieder jemand anderen *plötzlich und unerwartet* erwischt hat, während man selbst noch putzmunter und mit gutem Appetit ins reichlich belegte Frühstücksbrötchen beißt. Dieser Lustgewinn stellte sich jedoch bei Günther Schmidter nicht mehr ein.

Günther Schmidter war nämlich Bestatter. Nun sollte man eigentlich denken, dass gerade bei einem Bestatter eine Todesanzeige einen noch weit intensiveren Zustand der Verzückung als bei einem Normalsterblichen auslöst, denn Todesanzeigen sind für ihn doch immer auch Umsatzanzeigen.

Bei Günther Schmidter lag der Fall jedoch anders. Vor ca. zwei Jahren hatte sich nämlich in unmittelbarer Nachbarschaft zu seinem Bestattungsinstitut, das den etwas angestaubten Namen *Trauerhilfe Abendfrieden* trug, ein Sargdiscounter angesiedelt. Dieser firmierte unter dem etwas reißerischen Firmennamen *McGrave*, betrieb ein ruinöses Preisdumping und trieb die Trauerhilfe Abendfrieden langsam aber sicher in den Insolvenztod.

Anfangs hatte sich Günther Schmidter über den neuen Konkurrenten lustig gemacht. „In spätestens drei Monaten sind die wieder weg“, hatte er seiner Frau Helga prophezeit. Auch Siggi Senkelbach, Günther Schmidters einziger fest angestellter Mitarbeiter, sah die neue Konkurrenz sehr gelassen. „Wird schon“, war sein knapper Kommentar zu dieser Angelegenheit.

Anzumerken ist hier, dass Siggi Senkelbach eigentlich immer größte Gelassenheit verbreitete und jedem Schicksalsschlag mit „wird schon“ seine Schärfe zu nehmen versuchte. Insofern war Siggi Senkelbach die ideale Bestatterpersönlichkeit, bei der Mehrzahl der Kunden der Trauerhilfe Abendfrieden kam diese *Wird-Schon-Mentalität* gut an.

Ein weiteres Charaktermerkmal von Siggi Senkelbach bestand darin, schwierige Situationen möglichst wenig komplex zu beurteilen. Ob es sich um zwischenmenschlichen Zwist zwischen Günther Schmidter und seiner Frau Helga, berufliche Pannen oder die Angst von Hinterbliebenen vor Erbauseinandersetzungen mit der raffgierigen Verwandtschaft handelte – Siggi Senkelbach fasste seine Einschätzung der Lage stets in dem entkrampfenden Satz zusammen: „Entweder et läuft oder et läuft eben nisch“. Da Günther Schmidter ein eher grüblerischer Charakter zu eigen war, brachte ihn diese Sichtweise nicht selten zur Raserei.

Zunächst sah es so aus, dass Günther Schmidter und Siggi Senkelbach mit ihrer Einschätzung zur neuen Konkurrenz recht behalten sollten. Der Sargdiscount kam anfangs nicht richtig in Schwung. Viele Passanten, die der englischen Sprache nicht ganz mächtig waren, hielten McGrave für ein Schnellrestaurant mit einer etwas eigenwilligen Schaufensterdekoration (sollten die ausgestellten Särge und Urnen vor den gesundheitlichen Risiken von Fast Food warnen?) oder assoziierten mit McGrave ein Fitnessstudio für sehr betagte Mitbürger.

Doch aller Anfangsschwierigkeiten zum Trotz florierte der Sargdiscount schon bald ganz ungemein. Pietät hin oder her, an dem Preisknaller *McGrave-all-inclusive-Abschiedsspecial* konnte kaum ein Hinterbliebener vorbei kommen. Angeboten wurde hier als Komplettpaket ein Sperrholzsarg in Mahagonioptik plus Leihdecke und -kissen, dazu eine visagistische Verjüngung des Verstorbenen um garantiert mindestens 20 Jahre, ein multireligiös ausgebildeter Trauerredner sowie wahlweise fünf verschiedene Musikstücke zur stimmungsvollen Untermalung der Trauerfeier, das alles für schlappe 399 Euro - einfach unschlagbar!

Auf viele trauernde Angehörige wirkte diese enorme Preisersparnis wie Balsam auf die wunde Trauerseele. Mit dem guten Bewusstsein, ein tolles Schnäppchen gemacht zu haben, ging die Trauerarbeit eben etwas leichter von der Hand und der Tod erschien in einem milderen Licht.

So musste Günther Schmidter bei seinem täglichen Studium der Traueranzeigen feststellen, dass zwar weiterhin erfreulich häufig gestorben wurde, jedoch die finalen Dienstleistungen mehr und mehr von McGrave übernommen wurden. Immer weniger schmerzgeplagte Hinterbliebene betraten sein Institut, um sich von ihm tröstende Unterstützung zu holen und einen Vertrag zu unterschreiben.

Und wenn sich trotzdem mal ein Kunde in seinen Geschäftsräumen blicken ließ, so wünschte er meist eine wenig lukrative Urnenbestattung oder entschied sich für den Han-Shin-17/9, einen Billigsarg aus China. Am liebsten hätte Günther Schmidter dann solch einem Kunden unter die Nase gerieben, dass Han-Shin auf deutsch *fröhliche Reise* hieß. Da er aber nicht wusste, was mit dem Kürzel *17/9* gemeint war (vielleicht eine Straßenbahnlinie zum Pekinger Hauptfriedhof?) ließ er es bleiben und verkaufte zähneknirschend diesen fernöstlichen Schund.

Er konnte sich schon gar nicht mehr erinnern, wann er zum letzten Mal das Sargmodell *Heimkehr*, einen wirklich repräsentativen Eichemassivsarg mit üppigen Bronzebeschlägen und hochwertiger Innenausstattung aus hautfreundlichen und antiallergischer Naturmaterialien, verkauft hatte. „Damit können Sie sich überall sehen lassen“, war Günther Schmidters Standardspruch, wenn er einen Kunden von den Vorzügen dieses Luxusmodells überzeugen wollte.

Doch seit McGrave die Trauernden schamlos mit Supersonderangeboten drangsalierte, sich ihre mentale Ausnahmesituation zunutze machte, um sie skrupellosem Rabattterror auszusetzen, machte sich auch bei Günther Schmidters schwindender Kundschaft die *Geiz-*

ist-geil-Mentaliät breit und der *Heimkehr* gammelte friedlich im Sarglager vor sich hin.

Zurückgekehrt vom Briefkasten setzte sich Günther Schmidter an den Frühstückstisch. Wie immer hatte ihm seine Frau Helga schon eine Tasse Kaffee eingeschenkt, die er wie immer zunächst unbeachtet stehen ließ, um sich erst der Lektüre der Traueranzeigen zu widmen.

„Nun leg doch erstmal die Zeitung weg und lass uns in Ruhe frühstücken", nörgelte Helga wie an jedem Morgen.

Und wie an jedem Morgen schüttelte Günther Schmidter nur kurz den Kopf und erwiderte mürrisch:

„Erst die Anzeigen."

Dann las er laut vor, wer alles gestorben war, wobei er die Verblichenen in zwei Kategorien einteilte: diejenigen, die zum Kundenkreis der Trauerhilfe Abendfrieden zählten und den Rest. Leider war die Leichenpopulation, die dem *Rest* zugerechnet werden musste, heute wie an jedem Morgen um das Mehrfache größer als die Schmidtersche Klientel.

Günther Schmidters Laune erhielt einen zusätzlichen Dämpfer, als er las, dass Bäckermeister Piesenkötter, zu dessen treuen Stammkunden die Schmidters zählten, offenbar von der Konkurrenz zu Grabe getragen wurde.

„Na dem werd ich was erzählen. Da kaufen wir jahrzehntelang seine zähen Brötchen und klebrigen Plunderteilchen und wenn er sich mal mit einem Gegengeschäft erkenntlich zeigen könnte, lässt er sich kackfrech von der Konkurrenz verscharren. Aber nicht mit mir! Ab heute wird bei dem nichts mehr gekauft – und das werd ich ihm bei nächster Gelegenheit auch mal mit ein paar ganz klaren Worten stecken!"

„Bei dem Piesenkötter können wir eh nichts mehr kaufen, weil er ja anscheinend tot ist“, erwiderte Helga Schmidter genervt.

Wie immer in solchen Situationen geriet Günther Schmidter derart in Rage, dass ihm seine Frau nur mit Mühe klar machen konnte, dass es zur Eigenart des Versterbens gehört, dass der Verstorbene Standpauken, Drohungen und Beschimpfungen gegenüber kein offenes Ohr mehr hat, auch rationalen Argumenten nicht mehr zugänglich ist und verbalen Attacken in der Regel mit stoischer Gelassenheit begegnet.

Wütend über den mangelnden unternehmerischen Kampfgeist seiner Frau blätterte der Bestatter die Zeitung weiter durch. Auf der Seite mit den Geschäftsanzeigen erregte ein Inserat einer Unternehmensberatung seine Aufmerksamkeit. Angeboten wurde hier ein Seminar für kleinere Firmen aus Dienstleistung und Handel. Die teilnehmenden Kleinunternehmer sollten dort lernen, wie ihre vor sich hindümpelnden Unternehmen durch unkonventionelle Maßnahmen wieder zu voller Blüte gedeihen konnten und ihre Besitzer reich und glücklich machten.

Günther Schmidter war von diesem Angebot spontan begeistert. Vielleicht könnte er hier Anregungen zur geschäftlichen Wiederbelebung der still dahinscheidenden Trauerhilfe Abendfrieden bekommen. Noch am gleichen Tag meldete er sich, seine Frau und Siggi Senkelbach für dieses Seminar an, das bereits in der nächsten Woche beginnen sollte.

2

Obwohl sich Helga Schmidter und Siggi Senkelbach wenig von der Teilnahme an dem Seminar für Kleinunternehmen versprachen, bestand Günther Schmidter darauf, dass sie alle drei dort mitmachten, um so der Trauerhilfe Abendfrieden einen entscheidenden Innovationsschub zu verpassen.

Außer den Schmidters und Siggi Senkelbach waren in dieser Veranstaltung keine weiteren Vertreter des Bestattungsgewerbes. Anscheinend war die Trauerhilfe Abendfrieden das einzige Bestattungsinstitut in der näheren Umgebung, das seinen Besitzer nicht reich und glücklich machte. Die übrigen Seminarteilnehmer waren meist Friseure, Kneipiers, Boutiquenbesitzer und Einzelhändler aus der Geschenkartikelbranche.

Der Seminarleiter, Herr Lampe, ein dynamisch auftretender junger Mann, hielt zu Beginn einen außerordentlich schwungvollen Vortrag über positives Denken. Sehr plastisch berichtete er davon, wie er in seinem Leben jede Niederlage als Chance begriffen habe und daraus immer wieder gestärkt hervorgegangen sei.

Seine raumgreifende Gestik, seine euphorische Intonation und sein nie enden wollendes Dauerlächeln erinnerten Günther Schmidter an eine Bestattung vor ca. vier Jahren, genauer gesagt an die damalige Trauerrede. Auf Wunsch der Angehörigen wurde diese von einem evangelikalen Prediger, der gerade seine Ausbildung in den USA absolviert hatte, gehalten. Die Predigt dieses Geistlichen glich einer öffentlichen Verkaufsveranstaltung in einer Fußgängerzone, wo in marktschreierischer Weise ein für jeden Haushalt absolut unverzichtbares praktisches Haushaltsgerät angepriesen wurde, dessen Kauf die garantierte Erlangung ewiger Glückseligkeit versprach.

Zusammengefasst lautete die Botschaft des Predigers, dass der Verstorbene seinen Tod doch auf jeden Fall als *die* Chance seines Lebens betrachten solle. Ob das der Leichnam genauso sah, blieb unklar.

Sollte etwa der Tod seines Bestattungsinstituts für Günther Schmidter zu *der* Chance seines Lebens werden?

Günther Schmidter war verwirrt. Der neben ihm sitzende Siggi Senkelbach schien Herrn Lampe dagegen offenbar gut zu verstehen, jedenfalls deutete sein zustimmender Gesichtsausdruck darauf hin. Wahrscheinlich erahnte Siggi Senkelbach eine tiefe Seelenverwandtschaft mit Herrn Lampe – hatten beide doch im Grunde die gleiche Botschaft für die geplagte Menschheit: *Wird schon.* Nur, dass Herr Lampe diesen knappen Hinweis zu einem gut einstündigen Vortrag ausgewalzt hatte.

Angesichts dieses Ausbunds an guter Laune, Selbstvertrauen und Optimismus wurde Günther Schmidter richtig neidisch. Herr Lampe musste schon verdammt viele Niederlagen in Chancen verwandelt haben, so wie er hier auftrat. Vielleicht beflügelten ihn aber auch nur die saftigen Kursgebühren, die er vor Beginn seines Vortrags in bar eingesammelt hatte. Schmerzlich wurde Günther Schmidter bewusst, dass im Bestattungsgewerbe Vorkasse leider verpönt ist.

Nachdem der Vortrag beendet war, verteilte Herr Lampe Papier und Zeichenstifte und bat alle Kursteilnehmer, ihre geschäftlichen Träume *ganz spontan und fantasievoll* zu malen.

„Entwickeln Sie Visionen, werden Sie zum Visionär", war Herrn Lampes wenig konkreter Rat, als er sah, dass die meisten Teilnehmer zwar verträumt mit visionärem Blick zur Zimmerdecke schauten, dabei aber noch kreativ unentschlossen auf ihrem Buntstift kauten.

Von Berufswegen zur Kreativität verdammt, fingen schon bald die Vertreter der Bastelbedarfsbranche als Erste an, entschlossen den Zeichenstift zu schwingen. Ihre zu Papier gebrachten Visionen erinnerten irgendwie an getöpferte Namenschilder für Eingangstüren. Neben viel putzigem ornamentalem Beiwerk brachten sie den Traum der Bastelbedarfseinzelhändler zum Ausdruck: *heile Welt und genug Geld.*

Das Geldmotiv tauchte auch in den künstlerischen Machwerken fast aller anderen Kursteilnehmer auf, erfuhr jedoch bei den Friseuren und Boutiquenbesitzern eine leichte Steigerung ins Utopische: *große Welt und sehr viel Geld.* Die Kneipiers wiederum variierten das vorherrschende Leitmotiv mehr in Richtung Bodenständigkeit: *genug Bier und keine Schulden.*

Herr Lampe ging durch die Reihen der frischgebackenen Visionäre, schaute sich die ästhetisch eher dürftigen aber mit viel persönlicher Hoffnung durchtränkten Kunstwerke an und nickte zufrieden. Offenbar hatte sein Einstiegsvortrag seine Wirkung nicht verfehlt, es gab keine Kreativitätsverweigerer und niemand stellte den Sinn dieser Malaktion in Frage. Die Geschäfte der Seminarteilnehmer schienen derart schlecht zu laufen, dass jeder bereit war, nach dem letzten rettenden Strohhalm respektive Zeichenstift zu greifen.

Als Herr Lampe jedoch Günther Schmidters gemaltem Traum ansichtig wurde, zuckte er leicht zusammen und für einen winzigen Moment unterbrach er sein Dauerlächeln. Hatte dieser Teilnehmer denn überhaupt nichts von seinem Eröffnungsvortrag in sich aufgenommen? Günther Schmidters Zeichnung schien geradezu eine freche Negierung der Lampeschen Optimismusbotschaft! Das Zeichenpapier war randvoll mit schwarzen Kreuzen gefüllt.

Günther Schmidter bemerkte Herrn Lampes kurze Positiv-Denk-Blockade, lächelte etwas verlegen und erläuterte:

„Naja das ist halt so ein Wunschdenken von mir. Mit der Hälfte wäre ich eigentlich auch schon zufrieden."

Offenbar braucht dieser Mann eher psychiatrische als unternehmerische Unterstützung, ging es Herrn Lampe durch den Kopf. Momentan war ihm nicht präsent, dass es sich bei Günther Schmidter um ein Mitglied der Bestatterzunft handelte. Irrigerweise ging er davon aus, dass Günther Schmidter Gastwirt sei.

„Sie haben offenbar ein ambivalentes Verhältnis zu ihren Gästen. Ich finde das ganz toll, dass Sie das hier so offen ausdrücken können", mutmaßte Herr Lampe vorsichtig.

Die Bezeichnung *Gäste* bzw. *Gast* gefiel Günther Schmidter. Hatte was viel Verbindlicheres als *der Tote* oder *der Leichnam* oder *der Verstorbene.* Er nahm sich vor, seinen Sprachgebrauch dahin gehend zu optimieren. Herr Lampe schien einen guten Job zu machen! Nur mit dem Ausdruck *ambivalent* konnte Günther Schmidter nichts anfangen, wollte sich das aber nicht anmerken lassen.

„Richtig, ich sag immer zu meinem Mitarbeiter", Günther Schmidter deutete auf Siggi Senkelbach, „Hauptsache wir haben zu unseren Gästen ein ambivalentes Verhältnis."

Siggi Senkelbach fühlte sich angesprochen, hatte jedoch nicht ansatzweise eine Ahnung, worüber sich sein Chef und Herr Lampe unterhielten. Deshalb gab er mit seinem bewährten unverbindlichen Lächeln seinen Standardspruch, „entweder et läuft oder et läuft nisch" zum besten.

Herr Lampe war ratlos. Ratlosigkeit war jedoch in seinem professionellen Verhaltensrepertoire nicht vorgesehen. Diesen Geisteszustand gestand er sich nur in Auseinandersetzungen mit seiner Lebensgefährtin Gabi zu, wenn diese ihn in ein Gespräch über ihre Visionen in Richtung Familiengründung verwickelte. *Ratlosigkeit als Chance* schoss es Herrn Lampe durch den Kopf. Mit diesem Gedanken konnte er aber spontan auch nicht viel anfangen – jedenfalls musste er sich diese Metapher für das nächste visionäre Gespräch mit Gabi merken, könnte Gabi evtl. von ihrem Familiengründungsgetue abbringen.

Jetzt sagte Herr Lampe erstmal das, was jeder gut ausgebildete Berater sagt, wenn er überfordert ist:

„Ich lass das jetzt einfach mal so im Raum stehen."

Günther Schmidter und Siggi Senkelbach schauten sich im Seminarraum um, konnten aber nicht auf Anhieb erkennen, was der Seminarleiter wo stehen lassen wollte. Und so ließen auch sie erstmal alles dort stehen, wo es stand.

Herr Lampe stellte sich nun im Seminarraum auf ein kleines Podest vor die Teilnehmer und erklärte die nächste Aufgabenstellung:

„Ich möchte Sie nun bitten, ein Rollenspiel vorzubereiten. Überlegen Sie sich bitte, wie Sie einen neuen Kunden oder Gast, der ihr Geschäft zum ersten Mal betritt, mit unkonventionellen Argumenten oder ungewöhnlichen Dienstleistungsangeboten überzeugen können."

An den zweifelnden Blicken der Teilnehmer erkannte Herr Lampe, dass er die ihm anvertrauten Kleingewerbetreibenden nun offenbar an ihre kreative Grenze geführt hatte. Das war gut so, Grenzerfahrungen stärkten nach Herrn Lampes Meinung die visionären Potenziale. Außerdem gab ihm diese Situation wieder einmal die Möglichkeit unterstützend einzugreifen und seine kreativen Ressourcen unter Beweis zu stellen – die Teilnehmer sollten hier schließlich mit dem guten Gefühl sitzen, dass ihr Coach jeden Euro der stattlichen Kursgebühren wert war.

„Ich will Ihnen helfen und möchte Ihnen ein Beispiel geben", Herr Lampe wandte sich an Frau Pehlworm, die Inhaberin eines Geschäfts für Bastelbedarf.

„Sie z. B. könnten einen Kunden durch eine ungewöhnliche neue Geschenkverpackung überzeugen. Fällt Ihnen da was ein?"

„Die meisten meiner Kunden kaufen bei mir kein Geschenk, sondern nur für sich selbst", erwiderte Frau Pehlworm verunsichert.

Der Seminarleiter wurde leicht ungehalten. Diese übergewichtige Basteltante sollte ihm jetzt bloß nicht seinen Auftritt vermasseln.

„Nun seien Sie doch mal nicht so blockiert. Kommen Sie jetzt mal zu mir hoch und überzeugen Sie mich als Kunden durch eine originelle Verpackungsidee."

Widerwillig und begleitet von einem leichten Schweißausbruch betrat Frau Pehlworm das Podest. Herr Lampe legte sofort rollenspielend los:

„Guten Tag, ich suche ein Geschenk für eine Bekannte, etwas Originelles."

„Ja da könnte ich Ihnen z. B. ein Set *Malen nach Zahlen* empfehlen. Vielleicht das Einsteigerset *Rembrandt* oder das Set *Picasso* für Fortgeschrittene. Zum *Picasso* gibt's noch einen Schwanz“, Frau Pehlworm verhaspelte sich, ihre Schweißflecken wuchsen, „ich meine natürlich einen Pinsel mit Schwanz, also einen Pinsel mit Haaren vom Marderschwanz dazu. Gratis.“

„Nein, nein so geht das nicht“, unterbrach Herr Lampe.

„Sie müssen den Kunden erstmal durch eine innovative Dienstleistung verblüffen, danach können Sie ihm dann alles verkaufen. Also bitte zuerst die neuartige Verpackung!“

Angeregt durch die holprige Rollenspielvorführung dachte auch Günther Schmidter über eine neue Verpackungsidee nach. Gar nicht so einfach, Särge und Urnen gab es schon in allen möglichen Variationen, da noch etwas Neues zu finden war schwierig. Vielleicht ein stabiles Geschenkpapier? Evtl. je nach Jahreszeit mit unterschiedlichen Dekors: Sommerblumen, Osterhasen, Christbaumkugeln oder auch stimmungsvolle Winterlandschaften. So verpackt müsste sich der Leichnam doch ganz ansprechend aufbahren lassen – oder wie Helga Schmidter immer sagte: „Das Auge trauert mit.“

Wenn der Verstorbene vorher noch mit ein wenig Make-up aufgefrischt würde, käme auch eine Klarsichtfolie in Frage. Die Enden könnte man wie bei einem Blumenstrauß sehr ansprechend mit einer bunten Schleife zusammenbinden. Könnte als Posten *Leichenpräsentverpackung* im Katalog der Trauerhilfe Abendfrieden aufgeführt werden.

Am liebsten würde er Herrn Lampe sofort seine bahnbrechende Verpackungsidee vorstellen, doch nun galt es zunächst, Frau Pehlworms Kreativschub zu lauschen. Auf dem Podest startete eine sichtlich verunsicherte Bastelbedarfsexpertin ihren zweiten Rollenspielversuch:

„Ach ja, ein Geschenk für Ihre Bekannte, da haben wir so einiges."

Der Seminarleiter schaute sie scharf an.

„Da kann ich Ihnen gleich mal was zeigen und natürlich kann ich Ihnen das dann auch schön verpacken."

„Ja, eine originelle Verpackung wäre natürlich toll", Herr Lampe versuchte Frau Pehlworm zu unterstützen.

Mittlerweile war sie jedoch derart blockiert, dass sie ihren Coach nur noch mit großen Augen anstarrte und an Hals und Dekolleté tiefrote Flecken produzierte, die auf Geschenkpapier ein aufregendes Muster abgegeben hätten, so aber nur peinlich wirkten.

„Ja wir haben da so einige Verpackungen", startete Frau Pehlworm einen neuen Anlauf, ihre Bluse wies im Achselbereich handtellergroße Schweißflecken auf, die sich dramatisch ausweiteten.

„Was würden Sie mir denn da besonders empfehlen?" Herr Lampe wurde wieder strenger.

„Eine handgetöpferte Geschenktüte."

In ihrer Verzweiflung fiel Frau Pehlworm nichts Besseres ein. Herr Lampe schaute sie ungläubig an, war letzten Endes aber froh, dass die Basteltante überhaupt irgendeine Idee zustande gebracht hatte und spulte ohne zu zögern wieder seine Positiv-Denken-Masche ab:

„Ja Frau Pehlworm, ich denke das war doch schon mal ein super Anfang für ein gewinnbringendes Verkaufsgespräch. Ich muss sagen, Sie hatten das ganz toll drauf, mich als Kunden voll zu begeistern. Am liebsten hätte ich Ihnen Ihren Laden ratzeputz leer gekauft. Ich bitte um einen Applaus für Frau Pehlworm."

Günther Schmidter konnte den Enthusiasmus des Seminarleiters nicht ganz nachvollziehen. Eine handgetöpferte Geschenktüte schien ihm als Verpackungsmaterial reichlich unpraktisch. Seine Vorbehalte gegenüber keramischen Verpackungen hatten einen ernsten Hintergrund: mindestens einmal pro Monat zerdepperte der reichlich ungeschickte Siggi Senkelbach eine Urne. Einmal sogar samt der ascheförmigen Überreste von Notar Rehbein.

Trotz seiner Zweifel beteiligte er sich am allgemeinen Applaus für die erschöpfte Rollenspielerin. Deren nun komplett schweißdurchtränkte Bluse ging in einen transparenten Zustand über und konnte ihre üppigen Brüste deshalb nur noch unvollständig verbergen. Dieser Teil der Vorstellung gefiel Siggi Senkelbach.

„Isch würd sagen, da täte ein handjetöpferter BH jetzt jute Dienste", raunte er lachend in Günther Schmidters Richtung.

„So, jetzt haben Sie alle mit eigenen Augen gesehen, wie einfach es ist, einen Kunden durch ein unkonventionelles Verkaufsargument oder ein ungewöhnliches Dienstleistungsangebot in seinen Bann zu ziehen", Herr Lampe lief erneut zu Hochform auf.

Siggi Senkelbach war immer noch von der transparenten Bluse gefangen und bezog deshalb Lampes Ausführungen auf Frau Pehlworms Blusennummer. Obwohl er eigentlich keinen Bezug zu kunsthandwerklichem Schaffen hatte, beschloss er, in den nächsten Tagen mal im Pehlwormschen Bastelgeschäft vorbeizuschauen und sich dort intensiv beraten zu lassen.

Unsanft wurde Siggi Senkelbach aus seinen Träumen gerissen, der Seminarleiter klatschte aufmunternd in die Hände und motivierte zur Weiterarbeit:

„Ich bin mir sicher, so wie Frau Pehlworm können Sie das alle. Entwickeln Sie jetzt also Ideen, in einer halben Stunde machen wir dann weiter mit den Rollenspielen."

Günther Schmidter zog sich mit seiner Frau und Siggi Senkelbach an einen kleinen Ecktisch zurück, um zu beratschlagen, wie man das drohende Rollenspiel halbwegs passabel über die Bühne bringen könnte. Es ist eben schon verdammt schwer, sich originelle Verkaufsargumente oder innovative Dienstleistungen auszudenken, wenn man im Bestattungsgewerbe tätig ist. Die Idee mit dem Geschenkpapier fand Günther Schmidter zwar immer noch gut, aber irgendwie noch nicht ausgereift genug.

Nach quälend langen Minuten des Nachdenkens entwickelte sich bei Helga Schmidter aus der Erinnerung an eine Typberatung ganz allmählich eine brauchbare Idee: wie viele Bestattergattinnen hatte sie stets das Bedürfnis, dem eher tristen Image, das ihrem Berufsstand anhaftete, einen Gegenpol durch besonders farbenfrohe Kleidung entgegen zu setzen. Um sich konfektionsmäßig noch vorteilhafter zu präsentieren, hatte sie unlängst eine Typberaterin aufgesucht. Nach eingehender Prüfung klassifizierte diese sie als Herbst- bis Wintertyp. Helga Schmidter war entsetzt. Da gab sie eine schöne Stange Geld aus, nur um sich von dieser dummen Kuh solche trüben Jahreszeiten andrehen zu lassen! Doch die Bestatterin war resolute Geschäftsfrau genug, um hier noch nachzuverhandeln und ein besseres Ergebnis rauszuschinden. Nach einigen sehr klaren Worten von Frau Schmidter räumte die Typberaterin ein, dass man bei ihr durchaus noch einen Frühlingstyp durchgehen lassen könnte.

In Erinnerung an diese ebenso professionelle wie im Ergebnis erfreuliche Typberatung schlug Helga Schmidter nun vor:

„Ich denke, eine Typberatung wäre was Originelles.“

Günther Schmidter und Siggi Senkelbach schauten sie verständnislos an.

„Also ich stelle mir das so vor“, fuhr sie fort, „wir bieten für den Verstorbenen eine letzte jahreszeitliche Typberatung an und können dann dazu ein individuelles Sargmodell samt passender Decke, Kissen und Leichenhemd verkaufen.“

Günther Schmidter und Siggi Senkelbach schienen dieser Idee gegenüber immer noch etwas ratlos. Das hatte weniger mit dem Umstand zu tun, dass sie Bestatter waren, als vielmehr mit dem, dass sie Männer waren. Für einen Mann ist eine Typberatung etwas vollkommen Sinnloses – er weiß von sich selbst ohnehin, dass er ein sympathischer Typ ist und welchen Typ Frau er attraktiv findet, braucht ihm auch niemand zu sagen. Ein Mann findet eine Frau entweder sexuell anziehend oder nicht, mit diesem Jahreszeitentypgetue kann er nichts anfangen. Sollte man denn, nur weil man ein begeisterter Skifahrer ist, ein knackiges Sommertypmäuschen links liegen lassen? Oder durfte ein eingefleischter Mallorca-Fan ein winterliches Skihaserl, das sich in den Ballermann verirrt hatte, keines anzüglichen Blickes würdigen?

Helga Schmidter redete weiter auf die Beiden ein, um sie von den Vorteilen ihrer innovativen Geschäftsidee zu begeistern. Allmählich konnte sich Günther Schmidter doch für den Vorschlag seiner Frau begeistern. Mochte dieser Jahreszeitentypenhokuspokus nach seiner Meinung auch der reine Humbug sein, überzeugten ihn aber letzten Endes doch die finanziellen Perspektiven, die sich hier auftaten. Es verstand sich von selbst, dass sich ein Frühlings-, Sommer- oder Herbstsarg als Sondermodell im hochpreisigen Premiumsegment vermarkten ließen – ganz zu schweigen von einem Wintertypmodell, das schon allein wegen einer extra dicken Polsterung einen saftigen Preisaufschlag rechtfertigte.

Seine Berufserfahrung sagte Günther Schmidter, dass sich die meisten seiner Gäste wegen ihrer bleichen Erscheinung zweifelsfrei dem Wintertyp zuordnen ließen. Günther Schmidter träumte von rasant steigenden Umsatzzahlen.

Abrupt wurden seine Umsatzfantasien beendet, als Herr Lampe das Podest betrat, in die Hände klatschte und mit der ihm eigenen Dynamik nach einem Freiwilligen für die nächste Rollenspielvorführung suchte.

„Ich bin überzeugt, dass Sie alle ganz tolle Ideen entwickelt haben. Wer möchte denn jetzt als Erster mal seine Vision in einem Rollenspiel demonstrieren?“

In den Reihen der Seminarteilnehmer trat augenblicklich eine große Stille ein. Die meisten schauten angespannt auf ihre Schuhe oder an die Zimmerdecke. Unbefangene Zuschauer hätten das Ganze für eine Meditationsübung halten können. Alle mieden den Blickkontakt mit Herrn Lampe. Solche Momente betretenen Schweigens waren Günther Schmidter von Berufswegen wohl vertraut, intuitiv pflegte er dann ein unverbindlich-dezentes, pietätsvolles Lächeln aufzusetzen.

Auch jetzt löste die Situation dieses Lächeln bei ihm reflexhaft aus. Das war ein Fehler. Mit geschultem Blick wurde Herr Lampe dieser leichten Unvorsichtigkeit sofort gewahr, interpretierte die aufgelockerte Mimik des Bestatters dreist als Zustimmung und bat ihn auf das Podest. Günther Schmidter blieb zunächst demonstrativ sitzen, aber Siggi Senkelbach dieser Idiot begann spontan zu klatschen, worauf sich sofort alle Kleinunternehmer erleichtert dem Applaus anschlossen. Ihm blieb nichts übrig, als zur Bühne zu gehen und Herrn Lampe als Rollenspieldepp zur Verfügung zu stehen.

Pikanterweise ging Herr Lampe immer noch von der irrigen Annahme aus, dass Günther Schmidter dem Berufsstand der Gastwirte angehörte.

„Gut Herr Schmidter, dann lassen Sie uns direkt mal loslegen. Also ich komme jetzt als Gast bei Ihnen rein und Sie überzeugen mich mit einer ganz neuen Dienstleistung oder einem verblüffenden Verkaufsargument."

Bevor Herr Lampe sein Rollenspiel starten konnte, unterbrach ihn Günther Schmidter:

„Moment, eigentlich kommen unsere Gäste nicht selbst zu uns, sondern wir holen sie ab."

Einen solch innovativen Service hätte Herr Lampe dem vermeintlichen Kneipier Schmidter nicht zugetraut.

„Alle Achtung, da sind sie mit ihrem Betrieb ja schon auf dem richtigen Weg. Aber nehmen wir für unsere kleine Simulation einfach mal an, ich wäre ein Gast, der selbst zu Ihnen kommt."

Günther Schmidter fand dieses Rollenspielarrangement zwar reichlich unrealistisch, da er sein Bühnendebüt aber so schnell wie möglich hinter sich bringen wollte, beschloss er, den Regieanweisungen des Seminarleiters einfach ohne Wenn und Aber zu folgen.

„Guten Tag, ich habe einen Riesendurst auf ein Bier, was können Sie mir denn Gutes anbieten", startete Herr Lampe.

Entweder das ist so ne blöde Masche, um mich aus der Reserve zu locken oder der Kerl hat ne Schraube locker, schoss es Günther Schmidter durch den Kopf, *egal, auf keinen Fall provozieren lassen, wollen doch mal sehen, wer hier der Verkaufsprofi ist!*

„Getränke gibt's nur für die Hinterbliebenen, Ihnen könnte ich aber eine Typberatung anbieten."

Herrn Lampe beschlich das dumme Gefühl, dass ihn dieser Schmidter erneut ratlos machen wollte. Wieso weigerte sich dieser durchgeknallte Gastwirt, seinen Gästen alkoholische Getränke zu verkaufen, faselte statt dessen von *Hinterbliebenen*? Sollte Schmidters Kneipe am Ende daran kranken, dass bei ihm nur Alkoholiker im Endstadium verkehrten, zu schwach um selbst auf eigenen Füßen zu ihm zu kommen und mit derart perforierten Magenwänden, dass jeder Tropfen Alkohol den sofortigen Exitus bedeuten würde?

Herr Lampe verbot sich augenblicklich, weiter über Schmidters heruntergekommene Säuferspelunke nachzudenken, immerhin bot die Idee mit der Typberatung einen interessanten Ansatz. Andererseits konnte er sich eigentlich nicht vorstellen, dass diesem Geschäftsmodell, schwerst Alkoholkranken kurz vor ihrem Ableben noch eine Typberatung zu verkaufen, ein nennenswerter Erfolg beschieden sein könnte.

„Aha, eine Typberatung können Sie mir anbieten, sehr interessant. Und was ..., also was könnte ich mit dieser Typberatung dann sozusagen anfangen?"

„Wir könnten dann für Sie das passende Sargmodell plus Wäsche und Leichenhemd aussuchen."

Allmählich wurde dem Seminarleiter klar, dass dieser Kneipier gar nicht so ein großer Volltrottel war, wie er zunächst annahm. Diese Geschäftsidee hatte tatsächlich was Geniales: man eröffnet eine Kneipe, karrt todkranke Alkoholiker ran, von denen kein großer Bierumsatz mehr zu erwarten ist und verkauft ihnen statt dessen mit dieser Typberatungsmasche ein komplettes Sarg-Set mit allem Drum und Dran. Vielleicht könnte man dann später in der Kneipe auch noch den Trauerkaffee anbieten – Herr Lampe hatte Blut geleckt. Dieses revolutionäre Konzept musste er selbst vermarkten!

„Ich würde sagen, Sie sind der klassische Wintertyp, das sieht man auf den ersten Blick. Da würde ich Ihnen natürlich besonders unser Modell *Wintertraum* empfehlen, schön dick gepolstert, Decke und Kissen mit dem Dekors *Jingle Bells* und wahlweise zusätzlich eine Heizdecke“, Günther Schmidter lief zu Hochform auf.

Seine Frau war begeistert, wie schnell er die Feinheiten der Typberatung verstanden hatte. Auch Herr Lampe war sehr angetan von Günther Schmidters Verkaufstalent.

„Ja, ich denke, das war doch sehr überzeugend. Ich bitte um einen großen Applaus für Herrn Schmidter.“

Beseelt verließ der Bestatter das Podest. Helga Schmidter gab ihrem Mann voller Stolz einen Kuss auf die Wange – ein untrügliches Zeichen dafür, dass er Großes geleistet hatte, denn Küsse wurden in der Schmidterschen Ehe seit vielen Jahren nur noch zu besonderen Anlässen ausgetauscht.

Siggi Senkelbach war auch sehr angetan von der Verkaufsvorführung seines Chefs. Da er jedoch über keine rasche Auffassungsgabe verfügte, grübelte er noch einige Zeit darüber nach, wieso ihm im Sarglager bisher noch nie das Modell *Wintertraum* aufgefallen war und wo sein Chef wohl die Heizdecken gelagert haben mochte.

Nach Günther Schmidters Glanznummer folgten noch einige weitere Rollenspiele. Ein Friseur stellte seine Idee vor, beim Haareschneiden ähnlich wie ein Barkeeper, der die Flaschen und Mixbecher kunstvoll durch die Luft wirbelt, die Scheren, Bürsten und Rasiermesser in tollkühnen Salti Mortali über den Kopf seines Kunden fliegen zu lassen. Aus versicherungstechnischen Gründen stufte Herr Lampe dieses Dienstleistungsangebot als wenig Erfolg versprechend ein.

Auch der Vorschlag eines schwulen Boutiquebesitzers, figurbetonte Designermode an adipös aus der Form geratene Kunden zu verkaufen und ihnen gleich dazu die vorher zwingend notwendige Fettabsaugung als Komplettpaket mit unterzujubeln, fand nicht die Zustimmung des Seminarleiters. Zwar legte der Modeeinzelhändler ein sehr gekonntes Rollenspiel hin. Als er sich jedoch an Herrn Lampes *Problemzonen* zu schaffen machte, indem er dessen Speckrollen im Hüftbereich zwischen Daumen und Zeigefinger zwirbelte und ihn dann auch noch mit den Worten „oh, da sind wir aber ganz schön propper" in den Hintern kniff, brach der Coach das Rollenspiel ab und riet dem Boutiquenbesitzer, sein Modegeschäft zu verkaufen und auf Masseur umzustellen.

Zum Abschluss hielt Herr Lampe noch ein längeres Referat, in welchem er anhand von zahlreichen auf eine Leinwand projizierten Grafiken, Kurven und Tabellen die wesentlichen Faktoren für den wirtschaftlichen Erfolg eines Kleingewerbebetriebes sehr eindringlich und mit der ihm eigenen Dynamik erläuterte. Obwohl er viele englische Fachbegriffe in seinen Vortrag einflocht und sich so erneut als ausgebuffter Wirtschaftsprofi zu erkennen gab, war die Quintessenz seines Vortrags doch auch für jeden wenig vorgebildeten Kleingewerbler einfach nachzuvollziehen: viel Umsatz, billig einkaufen, teuer verkaufen und reichlich Gewinn machen.

Das leuchtete ein. Günther Schmidter, Helga Schmidter und Siggi Senkelbach gingen zufrieden und angefüllt mit neuem Elan nach Hause.

3

Die Tage nach dem Besuch des Seminars waren in der Trauerhilfe Abendfrieden angefüllt mit großer Betriebsamkeit. Günther und Helga Schmidter hatten beschlossen, ein preiswertes chinesisches Sargmodell (ein sogenanntes *Einsteigermodell*) namens *Letzter langer Marsch*, von dem noch genügend Exemplare im Sarglager auf finale Marschierer warteten, als Prototyp für das Typberatungsprojekt umzuarbeiten.

Genauer gesagt mussten natürlich vier letzte lange Märsche neu gestylt werden, für jede Jahreszeit einer. Zu diesem Zweck engagierte Günther Schmidter Manni Kempelmanns, genannt *Hellfire*. Manni Kempelmanns hatte im Nachbarort ein Airbrush-Atelier und verzierte mit seiner Sprühpistole vorwiegend die Motorräder niederrheinischer Hells-Angels-Imitatoren.

Den Künstlernamen Hellfire hatte Manni Kempelmanns, weil er bei der Motivwahl für seine Sprühkunstwerke sehr martialische und dämonische Darstellungen bevorzugte. Angefangen von grinsenden Totenköpfen über mehrköpfige Drachen oder in unschöne Fetzen gekleidete Zombies bis hin zu kompletten Unterweltszenarien oder ganzen Friedhofsarrangements hatte er alles im Angebot, was den PS-liebenden Freizeitbösewicht begeistert.

An Manni Kempelmanns Erscheinung erinnerte sonst wenig an ein Höllenfeuer. Der überwiegende Teil seines 1,55 Meter kurzen und 125 Kilo schweren Körpers war stets von einer schmuddeligen Latzhose bedeckt, die letzten Haupthaare waren zu einem fransigen Pferdeschwanz gebunden und sein stets gutmütig lächelndes Gesicht zierte ein Dreitagebart. Sollte in Manni Kempelmanns wirklich ein Hellfire lodern, so hatte er dies offenbar verdammt gut unter Kontrolle.

Über die Anfrage der Trauerhilfe Abendfrieden freute er sich sehr, denn vom künstlerischen Standpunkt aus reizte es ihn natürlich ungemein, seine Totenkopf- oder Grabstillleben sozusagen mal *am Ort des Geschehens* zu verewigen.

Um so verblüffter war Herr Hellfire, als der Bestatter ihn bei einem ersten Arbeitsgespräch bat, je einen Sarg mit einem Frühlings-, Sommer-, Herbst- und Wintermotiv zu gestalten.

„Aha. Ja damit hätte isch jetzt nisch jereschnet", erwiderte ein nachdenklicher Manni Kempelmanns in seinem gemütlichen niederrheinischen Tonfall, nachdem ihm Günther Schmidter sein Projekt erläutert hatte.

„Aber jut, isch nehme die Herausforderung an. Lassen Sie misch mal machen, isch krisch da schon wat Nettes hin."

Die vier Jahreszeiten hatten Herrn Hellfires künstlerischen Ehrgeiz geweckt.

Die beiden kamen überein, dass Günther Schmidter noch am gleichen Tag ein Modell *Letzter langer Marsch* in Manni Kempelmanns Atelier vorbei bringen werde, damit dieser zunächst ein Probestück anfertigen könnte.

Schon nach drei Tagen rief Manni Kempelmanns bei den Schmidters an und bat sie, den geairbrushten Sarg im Atelier zu begutachten. In froher Erwartung fuhren Günther und Helga Schmidter sofort los, um den ersten wichtigen Baustein des Typberatungsprojekts in Augenschein zu nehmen.

In Herrn Hellfires Behausung angekommen, öffnete ihnen ein zufrieden lächelnder Manni Kempelmanns.

Stolz führte er seine Auftraggeber zum ehemaligen Letzten langen Marsch, der sich unter Herrn Hellfires kunstfertigen Händen in das Modell *Frühlingserwachen* (so Manni Kempelmanns Namensvorschlag) verwandelt hatte. Das Resultat entsprach allerdings nicht ganz den Schmidterschen Erwartungen.

Zwar hatte der Airbrushkünstler den Sarg sehr schön mit einer frühlingshaften Blumenwiese dekoriert, Rotkehlchen und Schmetterlinge flogen anmutig umher. Doch mitten auf dem Sargdeckel rekelte sich inmitten der Blütenpracht ein in blutige Stofffetzen gehüllter grinsender Zombie, schaute den Betrachter provozierend an und streckte ihm eine Hand entgegen, wie um ihn zu sich hinunter auf die Wiese (oder in den Sarg?) zu ziehen.

„Nein, nein Herr Kempelmanns, so geht das nicht“, Helga Schmidter schüttelte entsetzt den Kopf, „das ist ja abstoßend!“

Manni Kempelmanns war ob dieser heftigen Reaktion sprachlos. Da hatte er sich die größte Mühe gegeben, alles an Symbolik in sein Werk zu legen, was die Sprühpistole hergab und jetzt dieses harsche Unverständnis.

Günther Schmidter bemerkte Herrn Hellfires Betroffenheit und schaltete sich vermittelnd ein:

„Meine Frau will einfach sagen, dass so ein Zombie typberatungsmäßig nicht so ganz der geborene Frühlingstyp ist. Außerdem scheint mir seine Kleidung eine Spur zu … sagen wir: salopp. Natürlich haben Sie den Sarg wirklich wunderschön gestaltet und alle Details entsprechen haargenau unseren Vorstellungen. Nur eben den Zombie sollten wir doch besser weglassen.“

„Ja aber kucken Sie mal, isch hab den Sarg doch Frühlingserwachen jenannt. Also da erwacht eben wat, verstehen Sie? Und dat Erwachen hab isch dursch den Zombie also eben ausjedrückt. Denn ein Zombie is ja eijentlisch kein Toter, sondern mehr ein Untoter, wenn Sie verstehen wat isch meine. Der erwacht also wieder."

„Ja das haben Sie sich natürlich ganz gut ausgedacht. Trotzdem muss ich darauf bestehen, dass ein Zombie eigentlich kein Frühlingstyp ist."

Manni Kempelmanns waren die Feinheiten der Typberatung nur schwer zu vermitteln. Nach längerem Hin und Her einigte man sich darauf, dass Herr Hellfire ein neues Modell Frühlingserwachen gestalten sollte – ohne Zombies, Totenköpfe, Grabsteine, Feuer speiende Drachen oder peitscheschwingende Leder-Dominas.

„Jut, wenn Sie meinen, dat dat alles keine Frühlingssymbole sind, machen wir den Sarg eben nur mit Blumen, Vögeln und Schmetterlingen. Isch finde zwar, dat dat wat saft- und kraftlos wirkt, aber bitte, Sie sind der Auftragjeber. Für dat Wintermodell kann isch mir aber so einen etwas bleischen Sensenmann vorstellen. Isch meine, dat müsste typmäßisch doch voll hinhauen."

Helga Schmidter war nahe daran, einen hysterischen Anfall zu bekommen. Beherzt rettete ihr Mann die Situation:

„Ich denke Herr Kempelmanns, für die drei anderen jahreszeitlichen Grabmöbel reichen wir Ihnen noch unsere genauen Gestaltungsvorstellungen ein, denn insgesamt hätten wir es doch lieber etwas konservativer."

Schulterzuckend fügte sich Herr Hellfire den künstlerisch wenig ambitionierten Vorstellungen des Ehepaars Schmidter.

Blieb noch zu klären, was mit dem verunglückten Prototyp des Modells Frühlingserwachen passieren sollte. Ein erneutes Übersprühen hielt Manni Kempelmanns für zu aufwendig. Als Dekoration im Schaufenster der Trauerhilfe Abendfrieden wäre der erwachende Frühlingszombie natürlich ein echter Hingucker, aber für eine solche Werbemaßnahme war der Niederrhein nicht das richtige Pflaster.

Manni Kempelmanns schlug deshalb vor, den Sarg in seinem Atelier auszustellen. Möglicherweise hatte einer seiner Bikerkunden Spaß an dem guten Stück. Vielleicht als Sitzbank für die Kellerbar oder aufrecht hingestellt als Schrank für die Motorradgarderobe.

In den folgenden Wochen stellte Herr Hellfire vier jahreszeitliche Särge her. Dabei hielt er sich nun penibel an die Schmidterschen Vorgaben.

Das Frühlingsmodell war eine exakte Kopie des Prototyps, nur eben ohne Zombie. Der Sommersarg *Costa Mortale* versetzte jeden Betrachter automatisch in eine unbeschwerte Urlaubsstimmung: ein makelloser Sandstrand mit Muscheln, Palmen und bunten exotischen Vögeln, im Hintergrund ein sanft gewelltes türkisfarbenes Meer mit kleinen Schaumkronen.

Die Herbstvariante *Totensonntag* zeigte eine knorrige Eiche, vor deren romantisch gekrümmten Ästen die letzten herbstlich gefärbten Blätter zu Boden fielen. Im Laub unter der Eiche schnupperte ein possierlicher Igel an einer Eichel, im Hintergrund hoppelten zwei Hasen durchs welke Gras. Manni Kempelmanns war es sehr schwer gefallen, in diese melancholische Szenerie nicht wenigstens ein kleines Grabkreuz oder einen unaufdringlich herumliegenden Totenkopf einzubauen.

Das Wintermodell *Petersburger Schlittenfahrt* vermittelte dagegen wieder mehr Lebensfreude. Durch eine sonnenbeschienene Winterlandschaft zogen zwei mit Glöckchen behängte schnaufende Rösser einen elegant geschwungenen Schlitten. Auf diesem befand sich eine in mollige Decken eingehüllte Reisegruppe. Wahrscheinlich eine Urlauberfamilie vom Niederrhein, die sich während ihres Urlaubs in den Alpen dieses Vergnügen trotz überhöhter Touristenpreise gegönnt hatte und sich nicht darum scherte, dass Petersburg eigentlich nicht in den Alpen liegt. Schneekristalle funkelten in der Sonne, ein scheues Reh schaute hinter einer schneebedeckten Tanne hervor – wer wäre da nicht gerne zugestiegen?

Nachdem Manni Kempelmanns die Fertigstellung der vier Grabmöbel telefonisch mitgeteilt hatte, fuhren die Schmidters erneut ins Atelier, um die künstlerischen Resultate zu begutachten. Diesmal war alles perfekt. Der Airbrushkünstler hatte genau die Vorstellungen seiner Auftraggeber getroffen. Einzig die scheinbar etwas zu ausgelassene Stimmung der Schlittengesellschaft auf dem Wintersarg müsste nach Helga Schmidters Meinung bei einem Nachfolgemodell leicht verändert werden. Auf jeden Fall sollte der Herr vorne links im Schlitten nicht mehr dargestellt werden, wie er eine leere Flasche Jagertee feixend im hohen Bogen in Richtung einer Tannenschonung wirft.

Die vom Künstler vorgeschlagenen Namen für die vier Jahreszeitensärge trafen weitgehend den Schmidterschen Geschmack. Nur *Costa Mortale* hörte sich nach Meinung des Bestatters etwas zu sehr nach Zirkus an:

„Da denkt jeder direkt an *Salto Mortale*, das ist nicht seriös, das sollten wir ändern."

„Wie wär es mit *Strand der lebenden Toten*", schlug Herr Hellfire vor.

Passend zu seinen künstlerischen Vorlieben schaute er sich leidenschaftlich gern Horrorfilme an.

„Nein, nein", schaltete sich nun Helga Schmidter ein, „dieser Sarg braucht einen positiven Namen. Eben was Anziehendes, wo man direkt auch gerne hin möchte. Ich würde vorschlagen *Seychellenträumerei.*"

Ihr Mann fand diesen Titel zu schwülstig. Nach kurzer Diskussion einigte man sich schließlich auf *El Arenal*, in Erinnerung an den letzten Sommerurlaub.

Die Schmidters nahmen Manni Kempelmanns Rechnung entgegen, verstauten die Särge in ihrem Wagen, handelten noch einen Mengenrabatt für zukünftige Folgeaufträge aus und fuhren zurück zu ihrem Bestattungsgeschäft.

Als sie am benachbarten Sargdiscount McGrave vorbei kamen, fiel Günther Schmidter dort direkt ein reißerisch aufgemachtes neues Werbeplakat ins Auge: *ab sofort Mengenrabatt ab drei Beisetzungen pro Quartal.* Während ihm diese neue Unverschämtheit seines Konkurrenten früher den ganzen Tag versaut hätte, schüttelte er jetzt nur mitleidig den Kopf.

„Nächste Woche starten wir unsere Qualitätsoffensive, dann wird dieser Discount-Heini bald einpacken können."

Den Begriff *Qualitätsoffensive* hatte der Bestatter in Herrn Lampes Seminar kennengelernt und spontan beschlossen, ihn mindestens einmal pro Woche zu benutzen – es gab Worte, die taten Günther Schmidter einfach gut, sie gaben ihm Kraft. Stolz schaute Helga Schmidter zu ihrem Mann hinüber:

„Günther, das hast Du sehr schön gesagt."

Helga Schmidter fühlte, wie ihr Günther seit Jahren das erste Mal wieder eine gewisse Erotik ausstrahlte. Erfolg wirkt auf viele Frauen erotisch und manchmal wirkt auch schon die vage Hoffnung auf Erfolg. Helga Schmidter beschloss, ihren Mann am Abend zu verführen. Da aber beide Eheleute an diesem Abend recht erschöpft von den Planungsarbeiten für die Umgestaltung der Trauerhilfe Abendfrieden waren, musste die Verführung auf einen späteren Zeitpunkt verschoben werden.

Bevor in der nächsten Woche die finale Typberatung mit dem entsprechenden medialen Rummel in der Lokalpresse gestartet werden konnte, sollten die vier Särge noch von innen jahreszeitlich gestaltet werden. Die Petersburger Schlittenfahrt wurde mit dicken Federdecken, Bezügen mit Schneeflockendekors und gegen Aufpreis mit einer Heizdecke ausgestattet.

Das Modell Frühlingserwachen wurde passend zum Blumenwiesen-Dekors mit farbenfrohen Stoffen aufgefrischt. In das Kopfkissen kam eine Füllung aus duftendem Lavendel, für Allergiker konnte auch eine dermatologisch unbedenkliche Polyesterfüllung gewählt werden.

Die Innenseiten des Herbstmodells Totensonntag beklebte Helga Schmidter liebevoll mit getrockneten Blättern, Eicheln und Kastanien. Die Bezüge waren in schlichtem Ocker gehalten.

Einen besonderen Service konnte die Trauerhilfe Abendfrieden den Käufern des Modells El Arenal anbieten. Der Bestatter hatte aus der Geschäftsauflösung eines örtlichen Textilhändlers preiswert mehrere Dutzend Badetücher mit sommerlichen Strandmotiven erworben. Der Leichnam, respektive Gast, konnte nun statt mit einer schweren Decke, die für einen Sommertyp sowieso nicht in Frage kam, ganz leicht und luftig mit einem Badetuch zugedeckt werden. Je nach persönlicher Vorliebe konnten die Hinterbliebenen zwischen zahlreichen Motiven wählen – angefangen von einem farbenfrohen Eisbecher mit Waffel und Schirmchen, über lustig springende Delfine, eine knapp bekleidete

Beachballspielerin, eine Strandburg mit Deutschlandfahne, einen italienischen Gigolo mit Stringtanga und Goldkettchen, Surfer, Taucher usw. Auf besonderen Wunsch ließ sich El Arenal zusätzlich mit einem Ventilator ausstatten.

Günther und Helga Schmidter hatten beschlossen, die Typberatung mit einer kleinen öffentlichen Präsentation in den Räumen der Trauerhilfe Abendfrieden einzuführen. Ein Samstagmorgen schien dafür am passendsten, da viele Menschen sowieso in der Stadt unterwegs waren, um Wochenendeinkäufe zu erledigen.

Die Tage bis zu diesem wichtigen Ereignis waren mit viel Arbeit angefüllt. Siggi Senkelbach gestaltete die kleine Sargausstellung im Eingangsbereich um. Das Modell *Heimkehr* und die chinesischen Billigsärge räumte er beiseite und rückte die vier Jahreszeitensärge in den Vordergrund. Um auch die Innenseiten zu präsentieren, öffnete er jeden Sarg und legte die Deckel daneben. Angeleuchtet mit Halogenscheinwerfern waren die vier Grabmöbel eine wahre Augenweide.

Günther Schmidter schaltete Anzeigen und ließ Flyer drucken, um möglichst viele Kunden in spe anzusprechen. Seine Frau engagierte eine Typberaterin, die einen kleinen Vortrag halten sollte. Für die Besucher wurden einige Stuhlreihen aufgestellt und ein kaltes Buffet wurde bestellt.

4

Endlich war es soweit, der große Tag war gekommen. Der neue Service der Trauerhilfe Abendfrieden konnte einer staunenden Öffentlichkeit vorgestellt werden.

Obwohl der Beginn des Festaktes erst auf 10.30 Uhr terminiert war, fanden sich schon zwei Stunden vorher die ersten Besucher ein und taten sich am kalten Buffet gütlich. Das kulinarische Angebot wurde allgemein gelobt und sehr gut angenommen. Der Zuspruch war so groß, dass Helga Schmidter bereits nach einer Stunde leichte Panik beschlich und bei ihrem Lieferanten Nachschub orderte. Die hektische Betriebsamkeit am Buffet hätte einen ausländischen Besucher zu der Vermutung führen können, dass die niederrheinische Bevölkerung unter einer massiven Lebensmittelunterversorgung litt.

Die jahreszeitlichen Särge fanden bei den ersten Besuchern dagegen kaum Beachtung. Zu Günther Schmidters großem Ärger stellten einige sogar ihre Teller, Tassen und Gläser auf ihnen ab. Ein Herr stellte sich dabei so ungeschickt an, dass er einen Schwall Kaffee auf den Bettbezug des Totensonntag verschüttete.

Zum Glück passten die Kaffeeflecken ganz gut zum ockerfarbenen Stoff. Helga Schmidter beschloss, die Flecken erst später in aller Ruhe abzuwaschen. Nachdem jedoch der Kunstlehrer des örtlichen Gymnasiums im Verlauf der Veranstaltung den Bestatter über die künstlerische Bedeutung dieser Verschmutzung aufgeklärt hatte, verbot Schmidter seiner Frau diese zu entfernen. Auf die Kaffeeflecken deutend, die er offenbar für ein Teil des Hellfireschen Kunstwerks hielt, erklärte der feinsinnige Kunstpädagoge:

„Diese Chiffren der Vergänglichkeit erachte ich für besonders symbolträchtig, da sie im Betrachter das Totensonntagmotiv durch eine quasi magische Wirkung evozieren, dabei aber simultan auch einen Hauch der Unendlichkeit erahnen lassen.“

Ja, da hatte der Herr Gymnasiallehrer natürlich irgendwie recht und Günther Schmidter beschloss den Preis des künstlerisch aufgewerteten Totensonntag um zwanzig Prozent zu erhöhen.

Gegen zehn Uhr kamen immer mehr Besucher, die sich nicht nur für die Beköstigung, sondern auch für die Jahreszeitensärge interessierten. Die gesättigten Buffetliebhaber dagegen räumten nach und nach ihre Plätze und gingen, um ihre Wochenendeinkäufe zu tätigen. Vorher nahmen sie allerdings noch reichlich Werbegeschenke mit: Kugelschreiber mit dem Aufdruck *Trauerhilfe Abendfrieden, wir schreiben das Buch Ihres Lebens zu Ende* und Feuerzeuge mit der launigen Werbung *Trauerhilfe Abendfrieden, ob Sarg oder Urne, immer eine zündende Bestattungsidee.*

Die vier Särge kamen bei den meisten Besuchern gut an. Nur das Badetuch mit Eisbecher im Modell El Arenal veranlasste einige Betrachter zu kritischen Bemerkungen. Etwas unpassend kommentierte Siggi Senkelbach diese Vorbehalte mit der flapsigen Bemerkung:

„Ja sischer, so'n Eisbescher is ne rischtije Kalorienbombe, aber wenn wir erstmal da drin liejen, kratzt uns dat auch nisch mehr.“

Günther Schmidter nahm seinen Bestattungsgehilfen beiseite und ermahnte ihn, jegliche Art von Kundengespräch zu unterlassen und stattdessen für Nachschub bei den Getränken zu sorgen.

Um 10.30 Uhr begann der offizielle Teil des Programms. Der Bestatter hielt eine kleine Begrüßungsrede und erläuterte in groben Zügen die neue Schmidtersche Bestattungsvision.

„Und so appelliere ich an uns alle, seien wir ganz der Typ, der wir sind – auch nach unserem Ableben. Betreten wir also die Ewigkeit nicht als neutraler Einheitsleichnam – nein, treten wir als unverwechselbare Individuen vor unseren Schöpfer und sagen: *hier bin ich, so wie du mich geschaffen hast als Sommertyp*," beendete er seine Rede.

Die Erhabenheit seiner letzten Worte wurde leider durch ein Kleinkind sabotiert, das vor dem Modell El Arenal stand, heulend auf den Eisbecher zeigte und augenblicklich ein Eis verlangte.

Anschließend stellte Günther Schmidter den Künstler Herrn Hellfire vor und bat ihn, ein paar erklärende Worte zu seinen Werken zu sagen. Manni Kempelmanns, der extra für den heutigen Anlass seinen speckigen Overall gegen eine in Bikerkreisen sicher als elegant geltende schwarze Lederkluft getauscht hatte, war es nicht gewohnt, vor einer größeren Versammlung zu sprechen. Etwas gehemmt suchte er nach den passenden Worten:

„Ja also wie der Herr Schmidter schon jesacht hat, is mein Künstlername Hellfire, also Höllenfeuer. Aber keine Angst, also isch denke mit diesen Särgen können Sie auch ganz easy in den Himmel kommen. Kein Thema."

Manni Kempelmanns lachte kurz und herzhaft, aber außer Siggi Senkelbach erkannte offenbar niemand den hintergründigen hellfireschen Wortwitz.

„Die Särge sind alle von mir signierte Einzelstücke, wir Künstler spreschen da von sojenannten Unikaten.

Und isch bin mir sischer, dat diese Särge noch mal ganz bejehrte Sammlerstücke werden."

Günther Schmidter hätte mit Manni Kempelmanns vorher doch noch kurz den Inhalt seiner Rede absprechen sollen. Auf ein Zeichen des Bestatters beendete Manni Kempelmanns seine kurze Rede:

„Also wat soll isch große Worte machen, probieren Sie die Särge aus und dann nix wie ab auf den Stairway to Heaven oder den Highway to Hell. Vielen Dank."

Bevor die Zuhörer noch länger über die Botschaft der Hellfireschen Wort sinnieren konnten, kündigte Helga Schmidter die Typberaterin Frau Cindy Müller an. Mit ihrem sehr farbenfrohen Make-up, einer knackig sonnengebräunten Figur, den langen wasserstoffblonden Haaren und ihrer schwungvollen Vortragsweise bot sie einen erfrischenden Kontrast zu Manni Kempelmanns.

Ihre positive Ausstrahlung unterstrich sie durch den reichlichen Gebrauch des Adjektivs *super*, wobei sie das *s* zu einem langen stimmlosen Zischlaut dehnte: *sssuper*. Oder auch mal die launige Variante *sssupi*, die sie durch ein kurzes Schütteln ihres Blondschopfes unterstrich. Herr Lampe hätte an Cindy Müller viel Freude gehabt, ihr ganzer Vortrag zum Typberatungswesen war durchwoben von der frohen Botschaft: „Ich bin sssuper, ihr seid sssuper und mit einer sssuper Typberatung wird auch das Begräbnis ganz, ganz sssupi."

Sie beschloss ihren Vortrag mit einer kleinen Typberatungsdemonstration. Hierzu bat sie einen Freiwilligen auf die Bühne. Ein hutzeliges altes Weibchen meldete sich, die übrigen Gäste applaudierten, Cindy Müller rief: „ja sssupi" und die Alte kam gestützt auf ihren Krückstock und mit krummem Rücken nach vorne zu Cindy Müller gehumpelt. Die Typberaterin fand zunächst *ganz sssuper,* den Namen der alten Frau zu erfahren: Herta op den Brink. Dann nahm sie ihr Demonstrationsobjekt von allen Seiten gründlich in Augenschein und stellte Herta op den Brink anschließend einige Fragen zu ihren Hobbys, Lieblingsblumen, musikalischen Vorlieben und ihrer Lieblingsspeise. Die Antworten der Alten waren recht konfus und drehten sich alle irgendwie um rheumatische Probleme. Vielleicht war sie schwerhörig, verstand deshalb Cindy Müllers Fragen nicht und griff einfach auf ihr bevorzugtes Gesprächsthema zurück.

Nur auf die Frage nach der Lieblingsspeise sagte sie sehr klar:

„Kartoffelbrei mit sauren Speckbohnen."

„Ja wirklich sssupi."

Cindy Müller schienen diese spärlichen Informationen auszureichen, um eine eindeutige Typklassifizierung vorzunehmen. Sie machte sich einige kurze Notizen, schaute dann in einer Tabelle nach und verkündete einem erstaunten Auditorium, dass es sich bei Herta op den Brink ganz eindeutig um einen Sommertyp handele.

Dann nahm die Typberaterin ihren Schminkkoffer zur Hand und hatte die alte Frau in Windeseile mit grell leuchtenden *Sssupersssommerfarben* angemalt. Günther Schmidter hatte den Eindruck, Herta op den Brink habe sich in kürzester Zeit in das verwandelt, was der Volksmund so unschön als *Puffmutter* bezeichnet. Er beschloss, die Typberatung in Zukunft auf jeden Fall lieber seiner Gattin zu übertragen.

Helga Schmidter begleitete Frau op den Brink zum Sommermodell El Arenal, damit der Pressefotograf einige stimmungsvolle Fotos für die Lokalzeitung schießen konnte. Auf Vorschlag des Fotografen setzte sich Herta op den Brink auf den Sargdeckel direkt neben eine Palme, ihr linker Oberschenkel wurde von türkisblauen Wellen umspielt. Der Pressevertreter bat Helga Schmidter, Frau op den Brink noch irgendetwas in die Hand zu geben, das wirke natürlicher. Die Bestatterin holte rasch noch ein Badetuch mit Strandmotiv und drückte es der betagten Strandbesucherin in die Hand.

Als diese das Tuch über ihren Knien ausbreitete, zeigte sich, dass Helga Schmidter intuitiv ein Badetuchmotiv gewählt hatte, das sehr gut zu Herta op den Brinks nun leicht rotlichthaftem Gesichtsausdruck passte: das spärlich bekleidete Beachballmädchen. Ein flüchtiger Zeitungsleser konnte am nächsten Morgen beim Überfliegen des Lokalteils den Eindruck gewinnen, dass das Foto für die Neueröffnung eines Saunaklubs werben sollte.

Die Idee der finalen Typberatung fand besonders bei den weiblichen Zuschauern viel Anklang. Mehrere ältere Damen baten Cindy Müller um Schmink- und Bekleidungstipps für einen ansprechenden posthumen Auftritt.

Ein zufällig anwesender Notar, Herr Dr. Kleinschnittger, riet eindringlich dazu, die Erben testamentarisch zu verpflichten, den Erblasser in der gewünschten typgerechten Art auszustatten. Da Erben erfahrungsgemäß dazu neigen, auf preiswerte Bestattungsvarianten auszuweichen, sei hier ein gesundes Misstrauen mehr als angebracht. Für weitere Beratungen verteilte Herr Dr. Kleinschnittger Visitenkarten.

Günther Schmidter konnte dem Notar in diesem Punkt aus vollem Herzen zustimmen. Er nahm sich vor, Dr. Kleinschnittger nachher unbedingt noch zu fragen, ob auch ein Passus im Testament möglich wäre, der den Erben eine Bestattung durch McGrave unter Androhung einer Enterbung strengstens untersagt.

Übrigens war Dr. Kleinschnittger der Nachfolger von Notar Rehbein, dessen Urne Siggi Senkelbach so ungeschickt hatte fallen lassen. Unwillkürlich kam Günther Schmidter das Bild in den Kopf, wie er auch den ascheförmigen Dr. Kleinschnittger aus allen Ecken des Raumes wieder zusammenkehrte und in eine Ersatzurne füllte. Dieser Gedanke bereitete Günther Schmidter Unbehagen.

Nachdem auch die dritte Nachschubladung des kalten Buffets restlos verspeist worden war und auch die Sekt- und Biervorräte zur Neige gingen, verließen die letzten Gäste angefüllt mit neuen Eindrücken und kostenlosen Nahrungsmitteln die Räume des Bestattungsinstituts. Günther und Helga Schmidter waren erschöpf und zufrieden.

Der Zeitungsbericht über den neuen Service der Trauerhilfe Abendfrieden war sehr ansprechend. Helga Schmidter missfiel nur, dass das dazugehörige Foto entschieden zu halbseiden wirkte.

In den nächsten Tagen und Wochen warteten die Bestatter jedoch vergeblich auf den erhofften großen Kundenandrang.

„So was braucht seine Zeit, Helga“, beruhigte Günther Schmidter seine Frau, „schließlich können wir nicht erwarten, dass die Leute vor lauter Begeisterung für unsere Typberatung schneller sterben.“

„Vielleicht brauchen wir für unser Bestattungsinstitut auch einen anderen Namen. Trauerhilfe Abendfrieden klingt einfach zu veraltet und passt nicht zur Typberatung. Es müsste sich irgendwie etwas zeitgemäßer anhören. Da muss ein positives Lebensgefühl rüberkommen.“

„Also an unserem traditionsreichen Namen möchte ich eigentlich nichts ändern. Immerhin gibt es die Trauerhilfe Abendfrieden schon in der dritten Generation. Und wieso *Lebens*gefühl?"

Günther Schmidter ging der Veränderungsdrang seiner Frau entschieden zu weit.

„Nun stell Dich doch bitte nicht dümmer als Du bist. Natürlich muss da ein Lebensgefühl rüber kommen oder glaubst Du, mit einem positiven Todesgefühl Kunden anlocken zu können? Schau Dir McGrave an, da kommt was total Positives rüber, die haben die Zeichen der Zeit erkannt."

„Komm mir jetzt bitte nicht mit diesen Discountheinis."

Allein die Erwähnung des Konkurrenzunternehmens ließ den Bestatter in Rage geraten.

„Sollen wir unser alt eingesessenes Familienunternehmen jetzt etwa *McTrauerhilfe* nennen und so einen blöden Werbespruch wie *Grab ist geil* in unser Schaufenster kleben?"

„Nun lass uns doch mal in aller Ruhe über einen modernen Namen nachdenken", versuchte Helga Schmidter ihren Mann zu beruhigen.

„Ich glaub, ich hab da schon eine gute Idee."

Immer wenn sie eine *gute Idee* hatte, galt es für Günther Schmidter höllisch aufzupassen. Lange Ehejahre hatten ihn gelehrt, dass den Ankündigungen *guter Ideen* seitens seiner Frau Aktionen folgten, die entweder mit viel finanziellem Aufwand oder mit viel Arbeit verbunden waren und nicht selten in irrwitzigen häuslichen Renovierungs- oder Umbaumaßnahmen endeten.

„Also ich denke mir Folgendes: überall wo heute ein besonderer Service für den Körper angeboten wird, heißt es *Studio.* Also Nagelstudio, Kosmetikstudio, Fitnessstudio usw. Und wir bieten ja auch einen speziellen Körperservice an, deshalb sollten wir auch was mit Studio im Firmennamen haben."

„Also bitte Helga, jetzt mach mal einen Punkt. Sollen wir uns etwa *Trauerstudio Abendfrieden* nennen? Und überhaupt Studio, da denkt man doch gleich an Massagestudio oder Saunaklub. *Trauerklub Abendfrieden – hier werden Ihre geheimsten Bestattungswünsche von unseren tabulosen Mitarbeiterinnen diskret erfüllt, auf besonderen Wunsch bieten wir einen Bestattungs-Escortservice.* Ist ja lächerlich!"

„Von Klub war nun überhaupt nicht die Rede. Nun sei doch mal bitte nicht so stur. Ich dachte da eher an *Bestattungsstudio Abendfrieden.* Hört sich modern und seriös an."

Der Bestatter verließ kopfschüttelnd den Raum. Dann öffnete er nochmal kurz die Tür und rief seiner Frau wutschnaubend zu:

„Nur über meine Leiche!"

Helga Schmidter wusste, dass diese Redewendung in Bestatterkreisen nicht die gleiche Brisanz hat wie in der übrigen Bevölkerung. Außerdem war sie eheerfahren genug, um zu wissen, dass sich ihr Mann oft etwas schwer tat, wenn sie eine gute neue Idee hatte. Letzten Endes hatten sie sich in der Vergangenheit aber eigentlich immer gütlich geeinigt, d.h., er war klug genug nachzugeben.

Auch im Fall der Namensänderung stellte sich Helga Schmidters weibliche Intuition mal wieder als sehr zuverlässig heraus. Zwei Wochen später wurde die Trauerhilfe Abendfrieden umbenannt in Bestattungsstudio Abendfrieden.

Im Laufe der Zeit kamen die ersten Kunden, die auch an einer Typberatung interessiert waren. Helga Schmidter hatte sich von Cindy Müller den Fragebogen besorgt, um eine professionelle Beratung sicher zu stellen. Meist stellte sich aber heraus, dass die Angehörigen des Verstorbenen schon eine genaue Vorstellung von dessen Typ hatten und ihre Sichtweise eigentlich nur bestätigt sehen wollten. Natürlich war die Bestatterin clever genug, hier nicht zu widersprechen, die gute Menschenkenntnis ihrer Kunden zu loben und dann zügig den in Frage kommenden Jahreszeitensarg in Augenschein zu nehmen.

Die Modelle Frühlingserwachen, El Arenal, Totensonntag und Petersburger Schlittenfahrt sagten den Hinterbliebenen in der Regel zu. Wenn dann jedoch der Verkaufspreis zur Sprache kam, machten die meisten einen Rückzieher und entschieden sich doch für den Letzten langen Marsch. Diese Entscheidung wurde meist von Kommentaren begleitet, wie: „Eigentlich war die Oma doch immer eine sparsame Frau und außerdem ist sie immer gerne gewandert, da wäre der Letzte lange Marsch ganz in ihrem Sinne“, oder: „Mit Kunst hatte Onkel Hubert nie was am Hut, wir sind uns nicht sicher, ob er in der Petersburger Schlittenfahrt wirklich gut aufgehoben ist.“

Immerhin wurde aber für mehrere weibliche Gäste (diese Umschreibung kam übrigens bei den Angehörigen ausgesprochen gut an!) ein typgerechtes letztes Make-up geordert. Helga Schmidter fand schnell heraus, dass die Hinterbliebenen auch bei eindeutigen Herbst- oder Wintertypen eher eine farbenfrohe Auffrischung des Gastes bevorzugten. Sie hatte dafür großes Verständnis und griff bei ihren Schminkaktionen beherzt in die Farbdosen mit den kräftigen Sommertönen. Allerdings achtete sie im Gegensatz zu Cindy Müller sehr darauf, dass keines der alten Mütterchen unter ihren Händen zur Puffmutter oder Domina mutierte.

Nur im Fall der verstorbenen Pauline Berger war der Bestatterin der Liedschatten um einiges zu verrucht geraten und mit dem üppig aufgetragenen grell-roten Lippenstift hatte sie das zahnlose Mündchen ungewollt in einen lasziven Schmollmund à la Brigitte Bardot in ihren besten Jahren verwandelt. Sie wollte Frau Berger gerade nochmal abschminken, um einen neuen dezenteren Schminkversuch in Richtung reife Inge Meisel zu starten, als Günther Schmidter den schon leicht altersdementen Ehemann hereinführte, um ihm das Ergebnis der visagistischen Auffrischung zu präsentieren.

Herr Berger nahm seine Frau in Augenschein. Für einen Moment schien alle Demenz aus seinem Hirn wie weggeblasen und mit einer kräftigen männlichen Stimme rief er:

„Ja Pauline, mein kleines geiles Ferkel, so wollte ich Dich immer haben."

Herr Berger bestand darauf, dass an dem Aussehen seiner Frau nichts mehr verändert werden sollte – schon gar nicht in Richtung reife Inge Meisel. Günther Schmidter versprach ihm noch, ein Erinnerungsfoto zu machen, dann ging Herr Berger festen Schrittes und in aufgeräumter Stimmung in seine Stammkneipe, um noch den einen oder anderen Schnaps auf seine Frau zu trinken und zu vergessen, dass er eigentlich schon ganz schön dement war.

Nach drei Monaten waren erst zwei Jahreszeitensärge an einen Gast ausgeliefert worden. In beiden Fällen handelte es sich um das Modell El Arenal, einmal mit dem Handtuchmotiv Eisbecher für einen stark übergewichtigen Gast, das andere Mal mit Sandburg und Deutschlandfahne für den 93-jährigen Ehrenvorsitzenden einer national ausgerichteten Splitterpartei.

Um ein Haar wäre beinahe auch einmal das Herbstmodell Totensonntag verkauft worden. Die Witwe des zu Lebzeiten stets etwas miesepetrigen Finanzbeamten Beunemann fand diesen Sarg für ihren verstorbenen Gatten sehr passend. Ausführlich beklagte sie sich bei Günther Schmidter, dass ihr Mann nicht nur als Steuerprüfer im Ruf stand, äußerst pingelig zu sein. Im Verlauf ihrer Ehe habe er auch immer öfter das Haushaltsgeld unter Hinweis auf fadenscheinige Solidarbeiträge und Sonderabgaben gekürzt und zusammengestrichen. Als er ein Jahr vor seinem unerwarteten Tod dann noch eine siebenseitige Haushaltsgelderklärung eingeführt hatte, die sie pünktlich am Ersten jeden Monats in dreifacher Ausfertigung einzureichen hatte, habe sie ernsthaft über eine Trennung nachgedacht. Ihr Mann habe diese aber aus steuerlichen Gründen immer strikt abgelehnt.

Am Modell Totensonntag gefiel Frau Beunemann neben der ausgesprochen tristen Ausstrahlung auch der stattliche Preis, glaubte sie doch ihrem Mann durch diese verschwenderische Ausgabe posthum noch eins auswischen zu können.

Dummerweise fielen Frau Beunemann die Kaffeeflecken auf dem Totensonntag direkt ins Auge.

„Können Sie das noch wegmachen“, fragte sie auf die Flecken deutend.

In weiser Voraussicht hatte sich Günther Schmidter die künstlerische Interpretation des feinsinnigen Gymnasiallehrers gemerkt und damals noch am gleichen Abend notiert. Zumindest dachte der Bestatter, dass er die Worte des Kunstpädagogen („diese Chiffren der Vergänglichkeit halte ich für besonders symbolträchtig, da sie im Betrachter das Totensonntagsmotiv durch eine quasi magische Wirkung evozieren, dabei aber simultan auch einen Hauch der Unendlichkeit erahnen lassen“) richtig erinnert zu Papier gebracht hatte.

„Einen Moment bitte“, Günther Schmidter ging kurz in sein Büro.

Frau Beunemann war erstaunt, als er kurz darauf nicht mit einem Putzlappen, sondern mit einem Zettel zurückkam und auf die Flecken zeigend vorlas:

„Die Vergänglichkeit besteht aus Ziffern, die am Totensonntag quasi fanatisch mit dem Betrachter kopulieren, der dabei spontan seine Endlichkeit aushaucht.“

Frau Beunemann verstand nur Bahnhof, hatte jedoch das dumme Gefühl, dass die Kaffeeflecken nicht nur schmuddelig wirkten, sondern irgendeinen Schweinkram darstellen sollten, bei moderner Kunst kann man sich da nie sicher sein! Oder Schmidter wollte sie nur über den Tisch ziehen und der Sarg war gar nicht fabrikneu, sondern schon benutzt und dann, weil er vielleicht von der Größe nicht richtig passte, umgetauscht worden.

Frau Beunemann entschied sich, vom Totensonntag Abstand zu nehmen und mit einem preiswerten Importmodell einen Schlusspunkt unter die Beziehung zu Herrn Beunemann zu setzen. Da sie sich nach der üblichen Zeit der Trauer nach einem neuen Partner umsehen wollte, nahm sie sich vor, das eingesparte Geld in Brustimplantaten anzulegen, um so ihren Marktwert bei der Partnersuche zu steigern. Vielleicht konnte ihr Cindy Müller bei der Wahl eines zu ihrem Typ passenden jahreszeitlichen Brustmodells helfen.

Ob Cindy Müller Frau Beunemann eher zu trendigen Sssupersssommermöpsen oder einem Paar wuchtiger Winterwunder raten konnte, ist nicht bekannt.

5

Die Wochen und Monate vergingen und die Schmidters mussten sich langsam eingestehen, dass die Jahreszeitensärge offenbar doch nicht so eine zündende Geschäftsidee waren wie erhofft. Jedenfalls liefen die Geschäfte im Bestattungsstudio Abendfrieden mehr schlecht als recht, während bei McGrave der Laden brummte.

Günther und Helga Schmidter waren schon drauf und dran, sich ergeben ihrem Schicksal zu fügen und sich frustriert mit ihren mageren Umsätzen zufriedenzugeben. Da rief eines abends Manni Kempelmanns an und meldete stolz, dass er den in Kommission genommenen Frühlingszombiesarg an die Hinterbliebenen eines verstorbenen Bikers verkauft hatte. Das war zwar erfreulich, änderte aber an der tristen Geschäftslage nichts Entscheidendes. Allerdings war mit diesem Verkauf noch eine Anfrage verbunden, die für das Bestattungsstudio Abendfrieden ein revolutionär neues Geschäftsfeld eröffnen sollte.

Herr Hellfire erläuterte Günther Schmidter die speziellen Wünsche der Zombiekundschaft:

„Also der Winni Mörter war immer mit Herz un Seele Biker. Heute Morjen is er dann mit 83 Jahren jestorben, einfach Herzschlag und paff weg. Dabei wollte er mit seiner Harley nächste Woche noch ne Tour Rischtung Schwarzwald machen.

Mit dem Zombiesarg hatte der Winni schon lange jeliebäugelt, der wollte mir den abkaufen un dann als Hollywoodschaukel für den Garten umbauen. Der Winni war ja schon immer so'n verrückter Hund. Nur mit dem Preis für den Sarg waren wir uns noch nisch einisch. Auf jeden Fall hatte seine Tochter dann die Idee, ihren Vater da drin zu beerdijen. Deswegen war die dann heute Morgen bei mir.

Ja un als wir uns dann so über den Winni unterhalten, kommt sie auf die Idee, dat dat für ihren Papa doch ein schönes Abschiedsjeschenk wär, wenn der die Schwarzwaldtour noch machen könnte. Un jetzt soll isch Sie fragen, ob Sie den Winni nachher abholen un bei Ihnen zwischenlagern un ob Sie dann so eine Tour orjanisieren könnten."

„Ja natürlich lässt sich das machen, dass ich Herrn Mörter in meinen Bestattungswagen lade und mit ihm eine Runde durch den Schwarzwald fahre."

„Nee, nisch im Leischenwagen, dat müsste schon auf dem Motorrad sein."

„Ja wie haben Sie sich denn das vorgestellt Herr Kempelmanns? Ich kann den Herrn Mörter doch unmöglich auf den Soziussitz setzen, der fällt mir doch schon in der ersten Kurve runter. Und ihn dort mit Spanngurten zu befestigen wäre ja wohl reichlich pietätlos. Außerdem haben Sie mal daran gedacht, dass der Herr Mörter, wenn er da längere Zeit in der Sonne sitzt, einen sehr unschönen Geruch verbreitet?"

„Ja jut, isch meine, da muss man natürlisch beim Fahren en bisschen auf die Tube drücken, damit der Fahrtwind den Winni frisch hält."

Günther Schmidter verschlug es erneut die Sprache. Dass Manni Kempelmanns ein durchaus schlichtes Gemüt hatte, war ihm schon länger klar; das Ausmaß der nun zutage tretenden Hellfireschen Blödheit war jedoch erstaunlich.

„Vergessen Sie's Herr Kempelmanns, das haut alles vorne und hinten nicht hin", beendete der Bestatter das groteske Telefongespräch.

Als Günther Schmidter nachmittags bei einer Tasse Kaffee seiner Frau und Siggi Senkelbach kopfschüttelnd von dem Gespräch mit Herrn Hellfire erzählte, bekam Siggi Senkelbach einen nachdenklichen Gesichtsausdruck. Günther Schmidter fiel dies sofort auf, denn *Nachdenklichkeit* oder *Nachdenken*, eigentlich jede Form von Denken war Siggi Senkelbach von Natur aus fremd. Bis zu dem Telefongespräch mit Herrn Hellfire hatte Siggi Senkelbach in Günther Schmidters privater Intelligenzskala immer den untersten Platz belegt, von welchem ihn jetzt allerdings Manni Kempelmanns verdrängt hatte.

Neugierig geworden durch Siggi Senkelbachs veränderte Mimik stellte ihm sein Chef eine Frage, die er ihm so noch nie gestellt hatte, weil sie ihm stets sehr absurd vorgekommen wäre:

„Worüber denkst Du denn jetzt gerade nach?"

„Isch überleje jerade, dat dat doch jehen müsste mit der Schwarzwaldtour, wenn wir den Leischnam in den Sarg tun würden un den dann quasi als Seitenwagen für dat Motorrad umbauen würden."

Günther Schmidter war verblüfft, die Idee hatte tatsächlich was. Er erwog ernsthaft, Siggi Senkelbach einen weiteren Platz auf seiner privaten Intelligenzskala nach oben rutschen zu lassen.

„Ja und mit der Kühlung dürfte es dann auch kein Problem sein. Für so eine Tour zum Schwarzwald und zurück müssten zwei Tagen reichen. Da legen wir auf den Herrn Mörter einfach ein paar Kühlakkus, da bleibt unser Gast schön frisch, das müsste hinhauen", dachte Günther Schmidter laut nach.

Er hatte Feuer gefangen. Er ahnte, dass sich hier ein sehr lukratives neues Geschäftsfeld eröffnen könnte. Ganz allmählich erwachte in ihm wieder die alte Innovationslust. Aus einem frustrierten Bestatter wurde wieder der furchtlose Kämpfer um Marktanteile. Herr Lampe hätte hier von *Killerinstinkt* gesprochen – dieser Begriff hatte Günther Schmidter damals sehr zugesagt, denn er schuf eine geradezu zwangsläufige Verbindung zum Beruf des Bestatters.

„Aber Du hast doch gar keinen Motorradführerschein", gab Helga Schmidter ihrem Mann zu bedenken.

„Kein Problem, isch hab einen. Dat kann isch übernehmen."

Siggi Senkelbach lehnte sich zurück und sah die Schmidters voller Stolz an. Offenbar hatte er heute seinen großen Tag. Günther Schmidter kamen jedoch Zweifel, ob sein Mitarbeiter trotz Hochstufung auf den drittletzten Platz der Schmidterschen Intelligenzskala dieser heiklen Aufgabe gewachsen sein würde.

Helga Schmidter bemerkte die Zweifel ihres Mannes und schlug vor:

„Du könntest doch auf dem Soziussitz mitfahren."

Diese Möglichkeit schied für ihn jedoch hundertprozentig aus. Dem linkischen Siggi Senkelbach einen schwierigen Auftrag anzuvertrauen war eine Sache, ihm sein Leben und seine Gesundheit anzuvertrauen, war aber eine ganz andere Sache!

Geplagt von größten Zweifeln entschieden die Schmidters, Siggi Senkelbach allein fahren zu lassen und Herrn Mörter diesem letzten großen Abenteuer auszusetzen. Als alter Biker war Herr Mörter sicher immer ein ganzer Kerl gewesen, der weder Tod noch Teufel fürchtete. Wobei erleichternd hinzukam, dass er sich vor Ersterm jetzt sowieso nicht mehr ängstigen musste.

Noch am gleichen Abend fuhr der Bestatter zum verblichenen Herrn Mörter, um ihn abzuholen und mit seiner Tochter Heidelinde die Details der Schwarzwaldrundfahrt zu besprechen.

Die unverheiratete Heidelinde Mörter war nach dem Tod ihrer Mutter zu ihrem Vater gezogen, um ihm den Haushalt zu führen. Ihre recht molligen Proportionen ließen Günther Schmidter mutmaßen, dass sie vermutlich eine begeisterte Köchin war. Auch der zufriedene Gesichtsausdruck des leblosen Winni Mörter schien nach seiner Einschätzung auf eine sehr befriedigende Beköstigungssituation im Haus Mörter schließen zu lassen. Vielleicht hatte Heidelinde jedoch in ihrer Liebe zur Kochkunst und zu ihrem Vater aber auch ein wenig übertrieben. Die Speisen immer mit dem einen oder anderen Extrastich Butter zu üppig verfeinert, ein Viertelliterchen Schmand zu reichlich zugegeben, die Adern von Winni Mörter so nichts ahnend mit Cholesterin verkleistert und ihm den Infarkt beschert. Immerhin ein genussvoller Tod und nach Günther Schmidters fachmännischer Meinung allemal besser als Magersucht.

Anders als ihr Vater hatte Heidelinde Mörter für Motorräder nichts übrig, wollte ihm aber auf jeden Fall diese letzte Tour gönnen. So hatte sie auch nichts gegen den recht hohen Preis einzuwenden, der für die Fahrt zu veranschlagen war. Hinzu kam noch die Umrüstung der Harley als Seitenwagengespann und die Montage des Zombiesarges. Heidelinde Mörter hatte wegen der Umbauarbeiten bereits Kontakt zu einem früheren Motorradkumpel ihres Vaters aufgenommen, der sich bereit erklärt hatte, das Ganze zu einem Freundschaftspreis zu erledigen.

Günther Schmidter sprach mit Heidelinde Mörter einen ungefähren Zeitplan ab. Der Umbau sollte in ca. drei Wochen erledigt sein, dann könnte die zweitägige Schwarzwaldtour starten, danach wäre dann die Bestattung. Der Wunsch von Frau Mörter, die Rundreise direkt auf dem Friedhof enden zu lassen und dann nahtlos in die Trauerfeier übergehen zu lassen, bereitete dem Bestatter einiges Kopfzerbrechen. Ob mit Siggi Senkelbach ein derart ausgefeilter Zeitplan hinzubekommen wäre, war fraglich.

„Natürlich Frau Mörter, das kriegen wir schon hin."

Günther Schmidter war professionell genug, um sich von seinen Zweifeln nichts anmerken zu lassen. Sein eherner Geschäftsgrundsatz als Bestatter war, Hinterbliebenen gegenüber ausschließlich mit positivem Denken zu begegnen. Zweifel hatten da keinen Platz. Günther Schmidter erinnerte sich an das Geschäftsmotto seines Vaters, eines erfahrenen Bestattungsunternehmers, von dem er sehr viel gelernt hatte:

Im Leben ist manches zweifelhaft,
im Tod verliert der Zweifel seine Kraft.

Seit seiner Kindheit hing dieser schöne Spruch als kunstvolle Stickerei in der Eingangshalle des Bestattungsinstituts. Leider hatte Helga Schmidter diese erbauliche Lebens- bzw. Todesweisheit im Zuge der Umbenennung der Trauerhilfe Abendfrieden in Bestattungsstudio Abendfrieden abgehängt und durch ein vermeintlich moderneres Motto ersetzt:

Unser Leben führen wir trendy und eilig,
der Tod gibt uns Ruhe, aber wir bleiben stylish.

Nachdem er mit der Tochter alle Rundreise- und Bestattungsformalitäten geklärt hatte, zog Günther Schmidter Winni Mörter seine lederne Motorradmontur an, legt ihn in einen Transportsarg und schob diesen in sein Bestattungsfahrzeug. Er wollte gerade losfahren, da winkte ihm Heidelinde Mörter nochmal zu und bedeutete ihm, dass sie noch etwas vergessen habe. Kurz darauf kam sie mit Winni Mörters Helm.

„Den brauchen Sie doch für die Motorradtour."

„Ach so, daran hätte ich jetzt nicht gedacht. Aber ich weiß gar nicht, ob es auch für verstorbene Motorradfahrer eine Helmpflicht gibt."

„Papa ist nie ohne Helm gefahren."

„Ja, selbstverständlich können wir ihm den Helm vorher noch aufsetzen. Ist vielleicht auch besser, falls wir mal in eine Polizeikontrolle kommen."

Günther Schmidter legte den Helm auf den Beifahrersitz, verabschiedete sich nochmal und fuhr los.

Die Sache mit der Helmpflicht erinnerte ihn daran, dass er sich bei dem Schwarzwaldausflug in rechtlicher Hinsicht wahrscheinlich auf sehr unsicherem Terrain bewegte. War ein Motorrad mit Beiwagen zum Leichentransport zugelassen? Würde der TÜV einen bemalten Sarg als Motorradbeiwagen durchgehen lassen?

Günther Schmidter beschloss *den Ball flach zu halten* – diese Umschreibung benutzte er immer dann, wenn er sich entschied, über ein schwieriges Problem nicht weiter nachzudenken und nach der Devise *Augen zu und durch* einfach das zu tun, was er für richtig hielt. Im Fall der Motorradtour bedeutete das, dass er erst gar keine Genehmigungen beantragen wollte, um keine schlafenden Geister zu wecken. Auf jeden Fall musste er Siggi Senkelbach unbedingt einschärfen, den Sarg auf der ganzen Tour stets geschlossen zu halten.

Zu Hause brachte er Winni Mörter in die Kühlkammer des Bestattungsstudios, dann setzte er sich an seinen Schreibtisch und dachte über eine mögliche Fahrtroute für die Abschiedstour des Bikers nach. Vor sich hatte er eine Straßenkarte mit dem Schwarzwald und angrenzenden Gebieten ausgebreitet.

Der letzte Schwarzwaldurlaub der Schmidters lag schon viele Jahre zurück. Als er jetzt aber die vertrauten Namen der früheren Ferienziele las, kamen ihm wieder viele schöne Urlaubserinnerungen in Erinnerung. Lange Wandertouren rund um den Feldberg, köstliche Schwarzwälder Kirschtorte in einem gemütlichen Café in Titisee, eine Fahrt durchs Glottertal mit Besichtigung der *Schwarzwaldklinik* und viele weitere Ferienimpressionen wurden lebendig. Ach, irgendwie beneidete er Siggi Senkelbach und Winni Mörter um diese Fahrt. D.h. genau betrachtet beneidete er mehr Siggi Senkelbach, denn Winni Mörter konnte von seinem fahrbaren Liegeplatz aus nichts sehen.

Oder ob sein Geist vielleicht über dem Motorradgespann schwebte bzw. auf dem Sozius Platz nahm und seine Reiseeindrücke von da aus an Winni Mörter weiterreichte? Vielleicht war der ganze Winni Mörter jetzt auch nur noch Geist und brauchte sich demzufolge nicht alles selbst zu erzählen? Wenn dem aber so war, hätte man Winni Mörters Körper auch in der Kühlkammer liegen lassen können, um nur seinen Geist durch die Weltgeschichte zu kutschieren. Das hätte das ganze Projekt entscheidend vereinfacht.

Jedoch ohne Winni Mörters sterbliche Hülle im Beiwagen wäre sein Geist vielleicht etwas orientierungslos umhergeflattert und hätte schon auf dem stark befahrenen Kölner Autobahnring das Motorrad aus den Augen verloren. Oder aber er wäre vielleicht gar nicht erst mitgekommen, sondern hätte die ganze Zeit in der Kühlkammer neben Winni Mörter gehockt. Das wäre gegenüber Heidelinde Mörter, die die ganze Tour bezahlte, natürlich Beschiss. Günther Schmidter hatte ein sehr ausgeprägtes Berufsethos, eine Übervorteilung eines Kunden wollte er sich keinesfalls nachsagen lassen.

Die Frage der Reisegestaltung mit dem Geist des Verstorbenen wollte er bei Gelegenheit mit Pfarrer Wentzlawski besprechen – rein interessehalber und für den Fall, dass nochmal ein ähnlich gelagerter Auftrag käme.

Andererseits schien es jedoch eher unwahrscheinlich, ein weiteres Mal eine Anfrage für eine finale Spritztour zu erhalten. Es sei denn … Über die Schwarzwaldkarte gebeugt verfiel Günther Schmidter in heftiges Nachdenken. Sein Blick fixierte den *Schauinsland*, ohne diesen markanten kartografischen Punkt wirklich zu registrieren. Kein Gedanke mehr an Schwarzwaldspaziergänge, Schwarzwälder Kirschtorten und das Glottertal, denn seine gesamte Aufmerksamkeit richtete sich jetzt auf den Gedanken, wie man neue Kunden für diesen innovativen Bestattungstourismus gewinnen könnte.

Winni Mörter war ein echter Glücksfall, denn von allein wäre er nie auf diese neue Geschäftsidee gekommen. Und je mehr Günther Schmidter darüber nachdachte, desto sicherer war er sich, dass da ein enormer Bedarf war – er musste nur geweckt werden! Gleich morgen wollte er mit seiner Frau überlegen, wie man das werbemäßig ganz professionell aufziehen könnte.

Am nächsten Tag berichtete Günther Schmidter seiner Frau beim Frühstück von seinem neuen Projekt.

„Also stell Dir z. B. vor, eine frisch verwitwete Kundin möchte mit ihrem gerade verstorbenen Mann vor der Bestattung nochmal zu dem Platz, wo sie sich kennengelernt haben. Oder sie will mit ihm ein letztes Mal an den Ort der Hochzeitsreise. Nichten und Neffen könnten ihrer verstorbenen Erbtante aus Dankbarkeit eine letzte Urlaubsreise spendieren. Oder jemand könnte im Testament festlegen, dass er mit unserem Unternehmen nochmal die Reise macht, die er sich zu Lebzeiten nie geleistet hat. Du siehst, da ist ein ganz unglaubliches Potenzial, ein Schatz, der nur darauf wartet, von uns ausgegraben zu werden."

Das Bild des Ausgrabens gefiel Helga Schmidter, war irgendwie positiver als das dauernde Organisieren von Eingrabungen. Überhaupt war sie von der neuen Idee ihres Mannes sehr angetan. Sie sah sich schon als eine Art Reiseleiterin, die ihre Gäste zu den schönsten Plätzen Europas begleitet: Paris, Venedig, Capri … Das war doch was ganz anderes als tagein tagaus die öden niederrheinischen Friedhofskapellen in Wankum, Wachtendonk, Winnekendonk und Weeze.

Nur als ihr Mann ihr von dem geplanten Gespräch mit Pfarrer Wentzlawski erzählte, wurde sie skeptisch. Theologische Ratschläge zur fachgerechten Beförderung von Geistern verstorbener Gäste hielt Helga Schmidter für reichlich übertrieben. Schon der Leichentransport als solcher war mit genügend gesetzlichen Formalitäten verbunden. Da sollte man sich ihrer Meinung nach nicht auch noch unnötig den Kopf über Geistertransporte zerbrechen und vielleicht neue Probleme an den Hals holen. Außerdem irritierte sie dieser neue spirituelle Wesenszug, den sie an ihrem Günther bisher nie beobachtet hatte. Sie beschloss, ihn schleunigst wieder auf den Boden der Tatsachen zu holen.

„Ich hab da eine Idee."

Dieser erprobte Satz katapultierte Günther Schmidter wie immer augenblicklich in die reale Welt zurück.

„Was für eine *Idee*?"

In Günther Schmidter baute sich ein Gefühl unangenehmer Spannung auf.

„Wenn wir das mit den Bestattungsfahrten machen wollen, müssten wir nach einem neuen passenden Namen für das Bestattungsstudio Abendfrieden suchen."

„Auf gar keinen Fall, wir können nicht dauernd unseren Firmennamen wechseln."

„Doch, wir müssen sogar, sonst wird das nichts."

Wie immer einigten sich die Schmidters gütlich und eine Woche später wurden aus dem Bestattungsstudio Abendfrieden die *Erlebnisbestattungen Abendfrieden*. Günther Schmidter wehrte sich zunächst mannhaft gegen diesen neuen Namen, aber Helga Schmidter machte ihm klar, dass sie in einem *Erlebniszeitalter* lebten und dass heute eben alles über die Erlebnisschiene vermarktet werde. Jedes zähe Käsebrötchen wird zum *Cheese-Adventureroll*, der miefige Supermarkt an der Ecke nennt sich seit einem Jahr *Erlebniskaufland* und sogar ihr versoffener Schwager Pit Verstappen bezeichnet seine verräucherte Eckkneipe als *Erlebnisgastronomie*.

„Ja gut", räumte Günther Schmidter ein, „wenn Du bei Pit mal auf die versiffte Herrentoilette gehst, ist das wirklich ein Erlebnis."

Er gab sich geschlagen, und sogar als seine Frau ein neues Geschäftsmotto im Eingangsbereich aufhängte, nahm er dies diskussionslos zur Kenntnis. Statt des Mottos zu Zeiten des Bestattungsstudios Schmidter:

Unser Leben führen wir trendy und eilig,
der Tod gibt uns Ruhe, aber wir bleiben stylish,

wurde den Geschäften der Erlebnisbestattungen Abendfrieden nun der Wahlspruch vorangestellt:

Im Leben entdecken wir die Welt und reisen viel,
doch auch der Tod wird für uns zum Erlebnis, denn wir bleiben mobil.

Die nächsten Tage und Wochen waren im Hause Schmidter wieder mit reger Betriebsamkeit angefüllt. Anzeigen wurden geschaltet, Flyer gedruckt und ein Informationsabend zum neuen Bestattungsservice wurde durchgeführt.

Die Werbekampagne war ein voller Erfolg, denn schon bald waren die Erlebnisbestattungen Abendfrieden das Gesprächsthema am linken Niederrhein und sogar eine überregionale Zeitung brachte einen Artikel über die Schmidters.

Zum verabredeten Termin konnte die umgebaute Harley abgeholt werden. Der Bestatter fuhr mit seinem Gehilfen zur Werkstatt von Winni Mörters Kumpel, wo Heidelinde Mörter schon auf die Beiden wartete.

„Ja escht geil“, war Siggi Senkelbachs Kommentar, als er die schwarz lackierte und mit reichlich Chrom verzierte Harley samt Beiwagen mit romantischer Blumenwiese und unromantisch grinsendem Zombie auf dem Hof der Werkstatt stehen sah.

Auch Günther Schmidter war von dem Gespann sehr angetan. Nur der morbid grinsende Gesichtsausdruck des Zombies war für ihn immer noch sehr gewöhnungsbedürftig.

Mit Heidelinde Mörter sprach er nochmal den ganzen Ablauf der Bestattungstour durch. In zwei Tagen sollte Winni Mörter zusammen mit Siggi Senkelbach in den Schwarzwald starten und dann zwei Tage später würden die beiden pünktlich zum Beginn der Beisetzungsfeierlichkeiten um 14 Uhr am Friedhof eintreffen. Nach Beendigung des Trauergottesdienstes sollte der Bestattungsgehilfe dann mit der Harley den Sarg zum Grab fahren. Dort würde das Erdmöbel durch Lösen eines Schnellverschlusses vom Fahrgestell getrennt und Winni Mörters letzter Teil seiner irdischen Reise wäre vollendet.

Während sich Günther Schmidter noch mit Frau Mörter unterhielt, bestieg Siggi Senkelbach das Motorrad und wollte schon mal den Heimweg antreten. Mit einem heiseren Grummeln und Blubbern startete der riesige Harleymotor. Der Bestattungsgehilfe legte den ersten Gang ein und wollte in einem eleganten Bogen um Günther Schmidter und Heidelinde Mörter herum die Hofausfahrt ansteuern.

Bar jeder Eleganz machte das Gespann jedoch einen abrupten Satz und raste geradewegs auf die beiden zu. Dem Bestatter gelang es im letzten Moment, sich selbst und Frau Mörter durch einen kühnen Hechtsprung in Sicherheit zu bringen. D.h., er sprang nach vorn in Richtung seiner Gesprächspartnerin, riss diese mit sich, und noch ehe er richtig begriff, was passiert war, fand er sich auf ihr liegend am Boden wieder. Dass die beiden dabei keine ernsten Verletzungen erlitten, war Heidelinde Mörters sehr ausgeprägten Rundungen zu verdanken. Außerdem war sie von so großer Statur, dass Günther Schmidter bequem auf ihr Platz hatte. Frau Mörters üppige Körperpolster federten beider Sturz sehr befriedigend ab.

Obwohl Günther Schmidter dank Heidelinde Mörters airbagartigen Körpereigenschaften sanft landete und für einen kurzen Moment sogar die Liegeposition auf seiner Kundin genoss, war ihm diese Art der Kundenbindung (ein Fachbegriff aus Herrn Lampes Seminar) doch ausgesprochen peinlich. Er konnte sich nicht erinnern, in seiner langen Bestatterlaufbahn jemals ein Gespräch mit Hinterbliebenen bis zu einem derart intimen Ende geführt zu haben.

Nachdem er von Heidelinde Mörter heruntergestiegen war und wieder festen Boden unter den Füßen hatte, ihr anschließend beim Aufstehen geholfen und sich in aller Form für das Malheur entschuldigt hatte, stellte er Siggi Senkelbach zur Rede. Dieser erklärte seine wilde Fahraktion mit dem Umstand, dass er zwar ein guter Motorradfahrer sei, aber noch nie ein Beiwagengespann gelenkt habe.

Angeleitet von Winni Mörters Motorradkumpel macht sich der Bestattungsgehilfe kleinlaut mit der speziellen Gespannfahrweise vertraut. Sein Chef sah der Schwarzwaldtour mit sehr gemischten Gefühlen entgegen. Nur Heidelinde Mörters Stimmung schien sich durch den Beinaheunfall und den unerwartet intimen Gesprächsverlauf seltsamerweise sogar eher verbessert zu haben. Den Grund hierfür vermutete Günther Schmidter entweder darin, dass sie sich freute, dass Siggi Senkelbachs rasante Fahrweise noch etwas Pep in die letzte Tour ihres Vaters zu bringen versprach, oder dass ihr die zwischenmenschliche Kontaktaufnahme auf dem Boden des Werkstatthofes wieder neuen Lebensmut bescherte. Möglicherweise war sie aber auch einfach nur froh, dass ihre lästige Körperfülle hier auch mal ihr Gutes hatte, indem sie Günther Schmidters gefährlichem Sturzflug zu einem so glücklichen Ende verholfen hatte.

Der Bestatter verabschiedete sich von Frau Mörter und fuhr mit dem guten Gefühl heim, in Sachen Kundenzufriedenheit mal wieder einen tollen Erfolg gelandet zu haben. In der kommenden Zeit sollte er sich noch öfters an Heidelinde Mörters unfallverhütende Rundungen erinnern.

Der Tag der Schwarzwaldfahrt war gekommen. Günther Schmidter hatte Siggi Senkelbach die genaue Route auf mehreren Straßenkarten markiert. Da er den Kartenlesekünsten seines Angestellten jedoch nicht traute, schärfte er ihm ein, sich regelmäßig per Mobiltelefon zu melden und ggf. weitere Instruktionen zu empfangen.

Er hatte berechnet, dass die erste Übernachtung am besten in der Gegend von Freudenstadt stattfinden sollte. Das zweite Übernachtungsquartier, so schärfte er Siggi Senkelbach ein, sollte auf der Rückreise im Hunsrück oder der Eifel liegen, um am Tag der Bestattung nur noch eine überschaubare Strecke zurücklegen zu müssen.

Die Beiden holten Winni Mörter aus der Kühlkammer und legten ihn in den hölzernen Beiwagen. Den Helm hatte Günther Schmidter seinem Gast schon direkt bei der Einlagerung aufgesetzt. Helga Schmidter holte aus der Kühltruhe 20 Kühlakkus und verteilte sie auf dem gut vorgekühlten Ausflügler. Zuletzt wurde der Sargdeckel festgeschraubt und die Reise konnte beginnen.

Vorher jedoch gab Günther Schmidter seinem Bestattungsgehilfen noch eine Fotokamera und bat ihn, an touristisch interessanten Punkten ein paar Fotos zu schießen. Die wollte er später in ein Album kleben und Heidelinde Mörter als bleibende Erinnerung überreichen.

Als seine Frau nochmal kurz in die Küche ging, um ein wenig Reiseproviant in einen der Motorradkoffer zu packen, erteilte er Siggi Senkelbach den Auftrag, eine echte Schwarzwälderkirschtorte mitzubringen. Seine Frau hatte in drei Tagen Geburtstag und sollte mit der Leckerei aus dem Schwarzwald überrascht werden.

Bei strahlendem Sonnenschein und in bester Laune startete Siggi Senkelbach die Harley und fuhr los in Richtung Autobahn.

6

Am nächsten Morgen läutete bereits um sieben Uhr das Telefon im Büro der Erlebnisbestattungen Abendfrieden. Günther Schmidter zuckte zusammen. Er rechnete jeden Moment damit, von Siggi Senkelbach eine Katastrophe übermittelt zu bekommen. Außerdem beunruhigte ihn, dass sich sein Mitarbeiter seit seiner gestrigen Abfahrt nur einmal kurz gemeldet und auf dem Anrufbeantworter die reichlich nebulöse Nachricht hinterlassen hatte: „Isch wollte nur sagen, dat et uns jut jeht un dat dat sischer alles noch irjendwie hinhauen wird".

Jetzt meldete sich jedoch nicht Siggi Senkelbach sondern eine gewisse Walburga Kleinheisterkamp, deren Mann Kurt gerade im Alter von 65 Jahren unerwartet verstorben war. Nachdem Günther Schmidter in der ihm eigenen dezent-mitfühlenden Art Frau Kleinheisterkamp seine Betroffenheit über diesen plötzlichen Verlust zum Ausdruck gebracht hatte, rechnete er mit einem der üblichen unspektakulären Bestattungsaufträge.

Der Todesfall Kurt Kleinheisterkamp wies jedoch einige ganz bemerkenswerte Besonderheiten auf und sollte sich für die Erlebnisbestattungen Abendfrieden noch zu einer großen beruflichen Herausforderung entwickeln. Erstens rief Frau Kleinheisterkamp aus einem ca. 100 Kilometer entfernten Ort in der Eifel an. Es erstaunte Günther Schmidter, dass sich die Qualität der Erlebnisbestattungen Abendfrieden schon derart weit herumgesprochen hatte.

Zweitens entsprach Kurt Kleinheisterkamps Tod nicht dem, womit in dieser Altersgruppe gemeinhin zu rechnen war: Herzinfarkt, Unfall mit dem Rasenmäher, Schlaganfall oder Zusammenbruch beim Kölnmarathon. Nein, die Ursache für Kurt Kleinheisterkamps Abgang hatte seinen eigentlichen Grund in einem langjährigen Nachbarschaftsstreit. So sah das jedenfalls seine Frau Walburga.

„Seit mehr als fünf Jahren drangsaliert uns unser Nachbar Hans Schmidtkendorf mit seinem Gartenbeleuchtungstick. Es fing an mit ein paar harmlosen Lichterketten in der Weihnachtszeit. Irgendwann war sein ganzer Garten randvoll mit Lichtergirlanden, leuchtenden Rentierschlitten, Engelchen und Weihnachtsmännern. Die ließ er dann das ganze Jahr hängen, um sie immer pünktlich bei Einbruch der Dunkelheit einzuschalten. Dann kamen Halogenstrahler dazu, schließlich eine riesige Lichtorgel mit Laserstrahlen und künstlichen Blitzen. Also ich kann Ihnen sagen, das ist jetzt ein Geblitze und Gestrahle, da können Sie keinen Abend mehr im Garten sitzen, ohne komplett durchzudrehen."

„Ja aber dass so eine Zwangsbeleuchtung auch tödlich sein kann, hätte ich jetzt nicht gedacht", warf Günther Schmidter betroffen ein.

„Naja so ganz direkt ist mein Mann auch nicht am Lichtgeflacker gestorben. Nur gestern war er wie immer am Montagnachmittag beim Kegeln und da hat er wohl auch den einen oder anderen über den Durst getrunken. Ich meine, ich hab da auch nie was gegen gesagt, solange das nicht dauernd passiert und sonst war er ja auch immer ganz solide.

Und dann ist er so gegen neun zu Fuß nach Hause zurückgekommen und sieht schon von Weitem dieses blödsinnige Geflacker und Geblitze in Schmidtkendorfs Garten. Und das hat ihn dann so in Rage gebracht, dass er aufs Dach von Schmidtkendorfs neuem 3er-BMW gestiegen ist und von da oben im hohen Bogen in die Lüftungsschlitze vor der Windschutzscheibe gepinkelt hat. Zufällig stand ich am Fenster und hab dort das ganze Theater mitgekriegt. Ich kann Ihnen sagen, das war mir natürlich sehr peinlich und ich hoffe, ihn hat da keiner von den anderen Nachbarn gesehen.

Plötzlich seh ich, wie ein Motorrad mit einem Sarg vorbeifährt. Mein Mann sieht das auch, kriegt einen Schreck, verliert das Gleichgewicht, kracht auf die Motorhaube vom BMW und bricht sich den Hals. Ich denk noch: na jetzt is auch noch das Auto verbeult, das wird wieder ein Palaver mit dem Schmidtkendorf geben. Da wusste ich ja noch gar nicht, dass sich Kurt den Hals gebrochen hatte, denn wenn ich das gewusst hätte, wär mir das mit der Motorhaube in dem Moment wahrscheinlich nicht ganz so wichtig gewesen.

Ich lauf also raus und da kommt auch schon der Motorradfahrer zurück, hält an und hilft mir, Kurt ins Haus zu tragen. Und beim Reintragen merk ich schon, dass sein Kopf nicht mehr so ganz richtig, also wie soll ich sagen, also eben nicht mehr so fest am Hals befestigt ist. Tja und da sagt dann der Herr Senkelbach, er wäre vom Fach und dass da nichts mehr zu machen wär mit der Befestigung von Kurts Kopf.

Dann hat er mir Beileid gewünscht. Ich war ja ganz fassungslos, das kam alles so plötzlich und dann war ja auch noch der BMW demoliert. Aber der Herr Senkelbach hat mir dann Trost zugesprochen. Also dass das mit der Motorhaube mich jetzt nicht mehr kratzen sollte, weil der Schmidtkendorf könnte meinen Mann jetzt schließlich nicht mehr haftbar machen. Und außerdem könnte er mir für meinen verstorbenen Mann auch noch was ganz Feines anbieten. Und dann hat er mir das mit der Erlebnisbestattung erzählt. Also ich muss Ihnen sagen, das hat mich dann direkt etwas getröstet."

Frau Kleinheisterkamp bat Günther Schmidter anschließend, er möge ihren Mann möglichst bald abholen und sie werde ihm dann in einem persönlichen Gespräch erklären, welche Art der Erlebnisbestattung sie sich für ihren Mann vorstelle.

Die Freude des Bestatters über den neuen Auftrag wurde entscheidend getrübt durch die Sorge um den Verbleib von Siggi Senkelbach und Winni Mörter. Sollte sein dusseliger Mitarbeiter etwa die Eifel für den Schwarzwald gehalten haben? Zuzutrauen war es ihm. Für einen eingefleischten Niederrheiner mit dem geistigen Horizont eines Siggi Senkelbach war jede Erhebung in der Landschaft, die über 30 Meter hinausging, ein Berg. Mehrere dieser Erhebungen waren dann ein Gebirge und welchen Namen dieses trug, war unerheblich. Ob Eifel, Schwarzwald, Alpen, Apennin oder Anden – egal, vom niederrheinischen Standpunkt aus gesehen war das alles einfach nur *hoch*.

Günther Schmidter versprach Frau Kleinheisterkamp, gegen Mittag zu ihr zu kommen. Dann wählte er mit zittrigen Fingern die Handynummer seines Bestattungsgehilfen.

„Hallo Chef, alles paletti, wir kriejen dat schon hin, machen Sie sisch keine Sorjen", mit diesen wenig beruhigenden Worten meldete sich Siggi Senkelbach.

Etwas umständlich erklärte er seinem Chef, dass er bereits am gestrigen Mittag eine Reifenpanne gehabt habe und diese in einem kleinen Eifelstädtchen nahe der Autobahn habe reparieren lassen. Das Ganze habe sich bis zum Abend hingezogen. Als er sich gerade auf den Weg zur Autobahn machen wollte, habe er doch tatsächlich gesehen, wie jemand auf einem BMW stehend auf die Motorhaube desselben gepinkelt habe. Unglücklicherweise habe sich der Pinkler dann das Genick gebrochen. Da sei ihm, Siggi Senkelbach, mal wieder klar geworden, dass es noch eine höhere Gerechtigkeit gebe. Denn so was gehöre sich nun wirklich nicht und außerdem sei der BMW noch nagelneu gewesen.

„Jaja, das weiß ich ja schon alles, die Frau Kleinheisterkamp hat hier ja schon angerufen", unterbrach ihn Günther Schmidter.

„Ach, die Frau Kleinheisterkamp fand auch, dat dat höhere Jereschtigkeit war, wie ihr Mann da den Abflug vom BMW jemacht hat?" fragte ein nachdenklicher Siggi Senkelbach.

„Nein quatsch, ich meine natürlich den Unfall an sich. Aber das ist im Moment alles nicht so wichtig. Wo bist Du denn jetzt überhaupt?"

„Isch frühstücke jerade an einer Raststätte bei Koblenz."

„Ach du je, erst bei Koblenz! Spül den Kaffee runter und fahr weiter. Und melde Dich regelmäßig, hörst Du?"

„Wird jemacht Chef. Wir schaukeln dat Kind oder besser jesacht den Winni Mörter schon. Tschö."

Diese fröhlich-naive Gelassenheit konnte Günther Schmidter mal wieder rasend machen. Er spielte ernsthaft mit dem Gedanken, Siggi Senkelbach auf seiner privaten Intelligenzskala wieder einen Platz nach unten zu setzen.

Was der Bestattungsgehilfe seinem Arbeitgeber verschwiegen hatte, war, dass die Motorradreparatur bereits am frühen Nachmittag erledigt gewesen war.

Beim Versuch den Weg zurück zur Autobahn zu finden, geriet Siggi Senkelbach mit seinem Bestattungsgespann in einen Schützenfestumzug. Die schon leicht alkoholisierten Schützenbrüder waren begeistert von dem mobilen Sarg. Einige Nachwuchsschützen im Vorschulalter wurden von ihren Vätern auf den Sargdeckel mit dem Grinsezombie gesetzt und fotografiert.

Man bat Siggi Senkelbach, mit dem Schützennachwuchs auf dem Grabmöbel eine Runde durchs Dorf zu fahren. Diese Aktion zeigte, dass die Eifeldörfler trotz reichlichen Alkoholkonsums die Erziehung ihres Nachwuchses nie aus den Augen verloren, denn zweifellos sollte die Fahrt auf dem Sarg den Kleinen auf spielerische Weise die Endlichkeit unseres Erdendaseins vor Augen führen. Mit seinem halsbrecherischen Fahrstil verdeutlichte der Bestattungsgehilfe diese wichtige pädagogische Botschaft sehr eindrucksvoll.

Für jede Runde bekam er zur Belohnung ein Bier und einen Korn. Da sich die Eifelschützen offenbar einer großen Fruchtbarkeit erfreuten, war der Schützennachwuchs so zahlreich, dass Siggi Senkelbach viele Runden drehen musste. Jede Rundfahrt wurde in alkoholischer Form korrekt entlohnt.

Nachdem der Bestattungsgehilfe alle Jungschützen kutschiert hatte, kamen einige Senioren auf die Idee, dass als krönender Abschluss der diesjährige Schützenkönig auf jeden Fall auch noch eine Ehrenrunde verdient habe. Dieser, ein Herr von beträchtlicher Leibesfülle, war jedoch schon so hackevoll, dass er in der ersten Kurve vom Sarg rutschte und im hohen Bogen ins Bierzelt flog. Hierbei zog er sich kleinere Schürfwunden zu, die von einigen herbeigeeilten Schützenbrüdern direkt fachkundig mit Doppelkorn desinfiziert wurden. Den restlichen Doppelkorn flößten sie ihrem Regenten ein – wahrscheinlich um ihm zu helfen, den Unfallschock leichter zu verarbeiten. Zwar wehrte der sich anfangs noch gegen diese Zwangsmedikation, doch nachdem der Inhalt der Doppelkornflasche rasch seine sedierende Wirkung entfaltet hatte, gingen seine Gesichtszüge wieder in eine heitere, geradezu majestätische Gelöstheit über.

Schnell war sich die Schützengesellschaft einig, dass seine königliche Hoheit die Motorradfahrt auf jeden Fall zu Ende bringen musste und zwar aus Sicherheitsgründen im Sarg. Dieses Anliegen brachte Siggi Senkelbach in arge Bedrängnis. Unmöglich konnte er offenbaren, dass sich tatsächlich ein Leichnam im Beiwagen befand. Doch während er im Bierzelt noch versuchte, die fröhlichen Schützenbrüder von ihrem Vorhaben abzubringen, wurde draußen schon der Sargdeckel abgeschraubt.

Anscheinend hatten die Eifelbewohner ein relativ entkrampftes Verhältnis zum Tod oder lag es an der entspannenden Wirkung des Alkohols? Jedenfalls nahm niemand Anstoß daran, dass ein lebloser Motorradfahrer im Sarg lag. Beherzt hoben einige Schützen Winni Mörter aus seiner Behausung und legten ihn fürs Erste neben der Zapfanlage ab. Dort lagen schon drei weitere Bierleichen, auf einen Leichnam mehr oder weniger kam es da nicht an. Dann bugsierten sie die laut schnarchende königliche Hoheit in den Beiwagen. Wegen dessen Körperfülle gelang dies nur unter größter Anstrengung. Ein Frühlingszombiesarg ist eben kein passendes Transportbehältnis für einen original Eifeler Schützenkönig. Um zu verhindern, dass der Monarch wieder nach oben rausflutschte, wurde der Sargdeckel kurzerhand wieder angeschraubt.

Hoch zufrieden mit der soliden Einsargung ihres Schützenkönigs gingen die eifelländischen Verpackungskünstler zurück ins Festzelt, um sich nach dieser Anstrengung erstmal mit ein paar Bier und Korn zu stärken. Die übrigen Schützen diskutierten derweil noch mit dem Bestattungsgehilfen, der von der ganzen Umbettungsaktion nichts mitbekommen hatte. Irgendwann verloren jedoch alle Beteiligten Ziel und Anlass dieser Diskussion aus den Augen. Man gab noch einige Trinksprüche zum besten, ließ abwechselnd die Eifel und den Niederrhein hoch leben und verabschiedete Siggi Senkelbach mit viel Herzlichkeit und großem Hallo.

Jegliche Promillegrenzen kühn missachtend setzte sich Siggi Senkelbach auf die Harley, startete den Motor und fuhr in die beginnende Nacht. Seinem alkoholisierten Zustand schrieb er zu, dass er Winni Mörter im Sarg vernehmlich schnarchen zu hören glaubte.

Auch der in luftiger Höhe auf dem BMW urinierende Kurt Kleinheisterkamp schien Siggi Senkelbach zunächst eine alkoholbedingte Fata Morgana zu sein. Erst als er den Pinkler mit einem lauten Knall auf die Motorhaube krachen hörte, wurde ihm klar, dass er soeben Zeuge eines ganz bemerkenswerten Vorgangs wurde.

Nachdem er Frau Kleinheisterkamp geholfen hatte, ihren so unglücklich abgestürzten Gatten zu bergen, ihr noch ein wenig Trost zugesprochen und dringend die Unterstützung durch die Erlebnisbestattungen Abendfrieden anempfohlen hatte, setzte er entschlossen seine Fahrt fort.

D.h., er wollte seine Fahrt fortsetzen. Doch schon am Ortsausgang erkannte er, dass die reichlich genossenen Alkoholspenden der Eifeler Schützenbrüder ein Weiterfahren schier unmöglich machten. So parkte er das Gespann am Straßenrand, legte sich auf den Sarg und schlief sofort ein.

In dieser Nacht genoss er einen sehr tiefen und erholsamen Schlaf. Ursache hierfür war einerseits der Alkohol, andererseits kamen aus dem Sarginneren keine ruhestörenden Schnarchgeräusche mehr. Dies bemerkte Siggi Senkelbach jedoch erst, als er früh am Morgen mit dem ersten Vogelgezwitscher aufwachte. Befriedigt stellte er fest, dass er offenbar wieder nüchtern sein musste, da ihn keine Schnarchhalluzinationen mehr zum Narren hielten. Alles war scheinbar so, wie es sein sollte: ein stummer Winni Mörter lag im Sarg und wartete geduldig darauf, dass die Tour weiterging.

Natürlich konnte Siggi Senkelbach nicht wissen, dass der wahre Grund für die Grabesruhe im Beiwagen daher rührte, dass der Schützenkönig mit den Sauerstoffvorräten im fahrbaren Grabmöbel recht verschwenderisch umgegangen war. Laut schnaufend, röchelnd und prustend hatte er in Unkenntnis seiner Lage die kostbare Atemluft zügig aufgebraucht und musste daher sein Schnarchen zwangsweise einstellen. Neben diesem für den Zuhörer angenehmen Umstand muss der Vollständigkeit halber leider hinzugefügt werden, dass sich seine Majestät gezwungen sah, auch alle anderen Lebensäußerungen einzustellen.

Gut erholt und nicht irritiert durch die Vorgänge im Inneren des Grabmöbels erhob sich Siggi Senkelbach vom Frühlingszombiesarg und reckte seine Glieder. Mit ein paar tiefen Atemzügen genoss er die frische Morgenluft und setzte seinen Weg Richtung Schwarzwald fort.

Am gleichen Morgen fand einige Stunden später der Aufräum- und Reinigungstrupp der Eifeler Schützen vier Bierleichen neben der Zapfanlage. Natürlich bot dieser Fund keinerlei Grund zur Beunruhigung. Im

Gegenteil, zu einem richtigen Schützenfest gehörten Bierleichen. Diese vorübergehende Form des Alkoholtodes stellte quasi einen Gradmesser für die Qualität eines gelungenen Schützenfestes dar. Ein Fest mit weniger als vier Bierleichen konnte als misslungen eingestuft werden, die Stimmung hatte in diesem Fall dann nicht das ortsübliche Niveau erreichen können.

Bei drei der leblosen Körper neben der Zapfanlage handelte es sich um bewährte Schützenbrüder, die bekannt dafür waren, dass sie bei jeder Festivität nach einer Phase orgiastischer Lebensfreude gegen Ende des Fests in sich gingen, umfielen und den übrigen Zechern als temporäre Leichen ein *Memento Mori* mit auf den Weg gaben. In ihren feschen Uniformen machten die drei auch noch in diesem Zustand einen schneidigen Eindruck.

Den vierten scheintoten Saufkumpan kannte niemand. Offenbar ein auswärtiger Gast, der mit dem Motorrad hergekommen war. Rätselhaft blieb nur, wie er es geschafft hatte, durch die schmale Öffnung seines Integralhelms, den er immer noch trug, größere Mengen an Bier und Schnaps zu sich zu nehmen. Immer lernbegierig und wissensdurstig, wenn es galt neue Formen des Alkoholkonsums kennenzulernen, beschlossen die Eifeldörfler, den fremden Zechfreund später um eine Demonstration seiner Trinkkünste zu bitten.

Zunächst galt es jedoch, den Bierleichen mit einem alten Brauch wieder Leben einzuhauchen. Eigentlich war *Einhauchen* hier der falsche Begriff, denn bei der Schützenbruderschaft war es vielmehr Sitte, die Bierleichen zum Dorfbrunnen zu tragen und sie dort mit ordentlichem Schwung und unter großem Hallo ins kühle Nass zu werfen.

Bei dieser reanimierenden Aktion bewahrheitete sich immer wieder die alte naturwissenschaftliche Erkenntnis, dass alles Leben auf der Erde seinen Ursprung im Wasser hat. Denn auch die Eifeler Bierleichen erwachten jedes Mal wieder wie durch ein Wunder zum Leben, wenn sie mit dem ganzen Körper und in voller Montur Kontakt zum Leben spendenden Element aufnahmen. Wie neu geboren schnellten sie raketenartig aus dem Dorfbrunnen. Der staunende Betrachter schien hier jedes Mal eine Wiederholung der Entwicklung der Menschheit von der bewusstlosen Amöbe bis hin zum strahlenden Homo Sapiens in rasendem Zeitraffertempo mitverfolgen zu können. Ein wahrhaft erhebendes Schauspiel!

Nur im Fall des unbekannten Motorradfahrers versagte die oft erprobte Reanimationsmethode. Wie ein Stein blieb er auf dem Grund des Dorfbrunnens liegen und machte keinerlei Anstalten, seinen amöbenhaften Geisteszustand in den des Homo Sapiens zu überführen. Auch in körperlicher Hinsicht schien er den reglosen Zustand einer Alkoholleiche zu bevorzugen. Die Auferstehung war scheinbar nicht sein Ding.

Die Schützenbrüder beschlich das zwiespältige Gefühl, dass es ihnen bei dem namenlosen Biker unabsichtlich zum ersten Mal gelungen war, eine Bierleiche in eine dauerhafte Leiche zu verwandeln. Mit vereinten Kräften zogen sie Winni Mörter aus dem Brunnen und nahmen ihm dem Helm ab. Sein schon sehr bleicher Gesichtsausdruck ließ weitere Reanimationsmaßnahmen aussichtslos erscheinen. Außerdem war allen Schützen von der gestrigen Alkoholverkostung noch derart flau im Magen, dass sich kein Freiwilliger für eine Mund-zu-Mund-Beatmung fand.

Schnell war die Ursache für das Versagen der traditionellen Wiederbelebungsmethode gefunden: statt die erhoffte reanimierende Wirkung zu entfalten, hatte das Brunnenwasser die Lederbekleidung und die dicke Helmpolsterung des Motorradfahrers so schwer werden lassen, dass es dem unglücklichen Fremden unmöglich war, die Wasseroberfläche zu erreichen und den Quell der Wiedergeburt zu verlassen.

Schuldbewusst ob dieser Panne beschloss die Schützengemeinschaft, den Biker diskret und in aller Stille noch am gleichen Tag auf dem örtlichen Gottesacker beizusetzen. Da die Vereinskasse wegen des erfreulichen Bierumsatzes prall gefüllt war, konnten die Bestattungskosten ohne Schwierigkeiten von der Schützengilde beglichen werden.

Allerdings blieb bis in alle Ewigkeit ungeklärt, wie es möglich gewesen war, sich durch den Helmschlitz so sternhagelvoll saufen zu können – dieses Geheimnis nahm der fremde Motorradfahrer mit in sein Grab. Noch Jahre später rankten sich in diesem Teil der Eifel viele Legenden um den rätselhaften Biker und seine unerklärliche Helmschlitztrinktechnik.

7

Nach den Telefonaten mit Frau Kleinheisterkamp und Siggi Senkelbach nahm Günther Schmidter in aller Eile sein Frühstück zu sich und machte sich auf den Weg in die Eifel, um Herrn Kleinheisterkamp abzuholen. Auf seinem Weg zum Wohnort seiner neuen Kundschaft kam er durch mehrere verschlafene Eifeldörfer, die ihm allesamt wenig interessant erschienen.

Nur im letzten Dorf vor dem Kleinheisterkampschen Heimatstädtchen erregte eine Schützengemeinschaft seine Aufmerksamkeit. Hier wurde offenbar der Brauch gepflegt, voll uniformierte Schützen in einen Brunnen zu werfen und dann zu schauen, wie sie in einem mächtigen Satz wieder aus den Fluten sprangen. Beendet wurde das Spektakel mit dem Brun-nenwurf eines Motorradfahrers, der dann aber komischerweise im nassen Element liegen blieb.

Günther Schmidter mutmaßte, dass es sich um eine mit Ledermontur bekleidete Puppe handeln musste. Wahrscheinlich eine ähnliche Sitte wie am Aschermittwoch das Verbrennen des Hoppeditz oder Nubbel, mit dem dann das Ende des Karnevals symbolisiert wird. Der Bestatter nahm sich vor, seinen niederrheinischen Schützenbrüdern bei nächster Gelegenheit vorzuschlagen, diesen schönen Brauch auch am Niederrhein einzuführen: wenn der Motorradfahrer im Brunnen liegt ist das Schützenfest zu Ende.

In Verkennung der Tatsache, dass Winni Mörter maßgeblich an der Umsetzung dieses Eifeler Schützenbrauchs mitgewirkt hatte, fand es Günther Schmidter schade, dass Herr Mörter als eingefleischter Biker diese

Neuerung im niederrheinischen Brauchtum nicht mehr miterleben durfte.

Ohne noch länger zu verweilen, setzte Günther Schmidter seinen Weg fort und traf schon bald bei den Kleinheisterkamps ein. Die Witwe machte einen relativ gefassten Eindruck. Die Freude an der Planung der Bestattungstour ließ sie fürs Erste über den Halsbruch ihres Gatten hinwegkommen. Mit den Worten:

„Schön, dass Sie so schnell kommen konnten Herr Schmidter. Ich hab schon mal eine Radwanderkarte vom Sauerland auf den Wohnzimmertisch gelegt. Mögen Sie einen Kaffee?" begrüßte sie den erstaunten Bestatter.

Offenbar tickten die Uhren hier in der Eifel anders als am Niederrhein. Erst die fröhlichen Brunnenwürfe und jetzt die reiselustige Witwe. Naja, sollte ihm recht sein, positives Denken war im Bestattungswesen die halbe Miete. Und gerade im Trauerfall bloß nichts unnötig verkomplizieren – frei nach den Worten eines großen Fußballers: *der Sarg ist eckig und eine Leichenrede dauert 20 Minuten.* Oder aus Sicht des Bestatters: *nach der Beerdigung ist vor der Beerdigung.*

Während Frau Kleinheisterkamp den Kaffee kochte, nahm Günther Schmidter am Wohnzimmertisch Platz und schaute sich die Sauerlandkarte an. Wieso hatte Frau Kleinheisterkamp eine Fahrradkarte ausgebreitet? Günther Schmidter warf einen skeptischen Blick auf die mit einem Markierungsstift eingezeichnete Fahrtroute. Auch der auf dem Sofa liegende Kurt Kleinheisterkamp schien zweifelnd auf das sauerländische Kartenmaterial zu schauen. Das lag aber nur daran, dass sein Kopf wegen der Halsverletzung zur Seite gerollt war.

Mithilfe eines Kissens gelang es Günther Schmidter, Kurt Kleinheisterkamps Haupt mit dem Gesicht zur Zimmerdecke zu fixieren. Eine andere Kopfhaltung eines Gastes widersprach seinem professionellem Empfinden. Außerdem hatte er den Eindruck, dass Herr Kleinheisterkamp die Routenplanung seiner Gattin überlassen sollte.

„Mit Milch und Zucker?"

„Nein danke, ich trinke schwarz."

„Stimmt, Sie sind ja auch Bestatter. Also ich wollte mit meinem Mann und meinen beiden erwachsenen Kindern gerne nochmal die Fahrradtour durchs Sauerland unternehmen, die wie vor ungefähr 25 Jahren schon mal gemacht haben. Das war damals ein so schöner Urlaub, dass meine Kinder heute noch davon sprechen."

Günther Schmidter blickte ratlos auf die Radkarte. Winni Mörters Schwarzwaldreise war ja schon eine große logistische Herausforderung, aber mit einem Leichnam per Drahtesel durchs Sauerland? Dieses Vorhaben schien ihm die Grenzen des Erlebnisbestattungswesens zu sprengen. Mit Seitenblick auf Herrn Kleinheisterkamp fiel ihm dazu nur die Bewertung *halsbrecherisch* ein. Aus Pietätsgründen verkniff er sich jedoch diese Vokabel in Anwesenheit der Witwe.

„Aber wie sollen wir Ihren Gatten denn auf dem Fahrrad transportieren?"

„Tja also ich dachte mir, in letzter Zeit sieht man doch häufig diese Fahrradanhänger für Kinder mit so einer Art Zeltplane als Regenschutz oben drauf. Ich meine, wenn man da etwas Größeres auftreiben könnte, müsste das doch gehen."

„Ja aber dann müssen wir Ihren Mann doch auch noch kühlen. Wie lange soll die Tour denn gehen?"

„Ach so, an das Kühlen hab ich jetzt noch gar nicht gedacht. Also ich denke fünf Tage wird das ganze schon dauern und übernachten wollte ich wie damals auf Zeltplätzen.“

Camping war nun überhaupt nicht Günther Schmidters Ding. Und schon gar nicht mit einem ungekühlten Herrn Kleinheisterkamp. Trotzdem versprach er, sich Gedanken zu machen und nach einer praktikabelen Transportmöglichkeit für den Gatten zu suchen.

„Jetzt nehme ich Ihren Mann erstmal mit in mein Bestattungsinstitut und in den nächsten Tagen melde ich mich bei Ihnen. Bis dahin ist mir sicher was eingefallen.“

Frau Kleinheisterkamp wollte in der Zwischenzeit mit ihren Kindern einen möglichen Termin für die Fahrradtour ausmachen.

Der Bestatter legte Herrn Kleinheisterkamp in den Transportsarg, verstaute diesen mit Frau Kleinheisterkamps Hilfe seinem Wagen und fuhr los. Beim Wegfahren fiel ihm vor dem Nachbargrundstück ein 3er BMW mit abmontierter Motorhaube auf, der offenbar eine große Anziehungskraft auf mehrere Hunde ausübte. Intensiv schnüffelnd umkreisten sie das Fahrzeug und veredelten es mit ihren Duftmarken.

Als Günther Schmidter seinen Bestattungswagen durch das Dorf lenkte, das ihm bei der Hinfahrt durch die fröhlichen Brunnenwürfe aufgefallen war, überholte er einen Leichenzug. Die gesamte Trauergesellschaft bestand aus Schützen und schien eigentlich nicht zu trauern, sondern machte einen recht gelösten Eindruck. Zwei der Schützenbrüder zogen einen Bollerwagen mit einem Bierfass, aus dem sich die anderen Leichenzügler abwechselnd frisches Bier zapften.

Bier schon auf dem Weg zum Friedhof und auf nüchternen Magen, noch vor dem Genuss von Käseschnittchen und Mettbrötchen beim Trauerkaffee? Auch wenn Günther Schmidter ein durchaus innovativer Bestatter war, in diesem Punkt gingen ihm die Eifeldörfler doch zu weit, hier blieb er ganz niederrheinischer Traditionalist.

Als er am Sarg vorbei fuhr, erkannte er jedoch den wahren Grund für die entspannte Stimmung: auf dem Sarg lag ein Motorradhelm. Hier fand der Brauch des ertränkten Motorradfahrers offenbar mit dessen symbolischer Bestattung seine Fortsetzung und zugleich sein Ende. Unter diesen Umständen konnte man natürlich gegen einige frisch gezapfte Pils nichts einwänden. Er fand immer mehr Geschmack an diesem schönen eifelländischen Ritual.

Unterdessen machte Siggi Senkelbachs Schwarzwaldfahrt gute Fortschritte. Ab und zu meldete er sich telefonisch bei den Erlebnisbestattungen Abendfrieden, um Bericht zu erstatten und sich zu vergewissern, dass er sich noch auf der richtigen Route befand.

Am späten Vormittag verließ er die Autobahn und chauffierte das Harleygespann auf die Schwarzwaldhöhen. Entspannt genoss er die wunderbare Landschaft. Die Sonne schien, kein Wölkchen war zu sehen, ein Tag wie aus dem Bilderbuch. Fast schon ein wenig zu heiß. Siggi Senkelbach fing in seiner Motorradmontur leicht an zu schwitzen. Das erinnerte ihn daran, dass er die Kühlakkus auf Winni Mörter dringend wechseln musste.

Eigentlich sollte er die Akkus bereits während der ersten Übernachtung in der Kühltruhe des Hotels auffrischen lassen. Durch die Ereignisse des Vorabends und die Nächtigung im Freien war es dazu dann jedoch nicht gekommen.

Etwas ratlos steuerte Siggi Senkelbach die nächste Tankstelle an, um zu überlegen, was nun zu tun sei. Ihm war schnell klar, dass das Herunterkühlen der Akkus in der Speiseeistruhe der Tankstelle vielleicht möglich war, jedoch viel zu lange dauern würde. Der Zeitplan der Reise war sowieso schon sehr durcheinandergeraten und er musste sich höllisch beeilen, um Winni Mörter am nächsten Tag pünktlich zu seiner Beerdigung abzuliefern.

Er beschloss, erstmal den Sarg zu öffnen und die Temperatur im Inneren des Reisemöbels zu überprüfen. Als er gerade den Deckel abheben wollte, hielt ein Pulk Motorradfahrer an der Tankstelle. Die Fahrer, meist Herren im gesetzten Alter mit Bierbauch und Glatze, kamen neugierig zum Sarggespann, um das seltsame Gefährt in Augenschein zu nehmen. Hektisch setzte der Bestattungsgehilfe den Deckel wieder auf den Sarg.

Es wurden einige Fotos gemacht, die Biker gruppierten sich um das Gespann und Siggi Senkelbach lichtete die Herrenrunde ab. Geduldig beantwortete er alle Fragen nach PS, Baujahr, Umbaukosten usw. Nur die Frage nach dem Inhalt des Beiwagens brachte ihn in arge Verlegenheit.

„Wahrscheinlich eine Leiche“, feixte lachend einer der Motorradfreunde.

„Ja eine Leische“, ging Siggi Senkelbach geistesgegenwärtig auf den vermeintlichen Scherz ein.

„Nun mal ehrlich, unter uns Bikern, was hast Du denn da verstaut?“

Die Motorradler ließen nicht locker. Siggi Senkelbach blieb nichts anderes übrig, als die ganze Geschichte mit Winni Mörters Schwarzwaldrundfahrt zu erzählen. Die Idee der finalen Motorradtour stieß allseits auf große Hochachtung. Ein Biker, der einen gesundheitlich etwas angeschlagenen Eindruck machte, notierte sich die Telefonnummer der Erlebnisbestattungen Abendfrieden.

Auf nachdrückliches Drängen der Herren Motorradfahrer willigte Siggi Senkelbach ein, dass sie einen kurzen Blick auf ihren verstorbenen Kollegen werfen durften. Er hob den Sargdeckel ab und es verschlug ihm die Sprache. Erstens, weil sich aus dem Inneren des Beiwagens ein so intensiver Mief verbreitete, dass man hier schon von einem zombiemäßigen Müffeln sprechen konnte. Und zweitens, und dies entsetzte den Leichentransporteur noch mehr, hatte sich Winni Mörter aus unerklärlichen Gründen in einen Schützenkönig verwandelt.

„Lass mich nicht lügen, aber der Kollege sieht mir mehr wie ein Schützenbruder als wie ein Biker aus", kommentierte gedankenversunken einer der Motorradfahrer den Inhalt des fahrbaren Grabmöbels.

„Er war eben beides", improvisierte Siggi Senkelbach, „Motorradfahrer un Schützenbruder. Und die Lederklamotten will seine Tochter noch übers Internet verticken, deswegen hat er eben seine Schützenuniform an."

Diese grobe Pietätlosigkeit quittierten die Herren mit Kopfschütteln. Man wünschte dem Bestattungsgehilfen noch eine gute Fahrt und verabschiedete sich.

Ratlos starrte Siggi Senkelbach auf seinen Gast. Da er Winni Mörter bis jetzt fast ausschließlich mit behelmtem Kopf gesehen hatte und die Statur des Schützenkönigs sich nicht allzu sehr von der Winni Mörters unterschied, erkannte er nicht, dass sich hier jemand anders breitgemacht und Winni Mörters Platz eingenommen hatte. Nur der Garderobenwechsel blieb ein großes Geheimnis.

Da der Bestattungsgehilfe kein regelmäßiger Kirchgänger war, kamen ihm biblische Erklärungsversuche aus der Rubrik *Wunder und Mysterien* zunächst nicht in den Sinn. Obwohl – wenn er sich an seinen weit zurückliegenden Kommunionunterricht erinnerte, gab es da nicht irgendein Gleichnis von dem Motorradfahrer und dem Schützenkönig? Oder waren es ein U-Bootfahrer und ein jüdischer König? Oder war es vielleicht das Wunder von der Verwandlung der Ledermontur? Egal, jetzt war keine Zeit für theologische Spitzfindigkeiten.

Mit dem Ausspruch „et is wie et is“ beschloss Siggi Senkelbach, sich über Winni Mörters Konfektion keinen weiteren Kopf zu machen und vielmehr über die bitter notwendige Kühlung seines Gastes nachzudenken. Die Auffrischung der Kühlakkus schied, wie schon erwähnt, aus Zeitgründen aus. Da fiel Siggi Senkelbachs Blick auf die Speiseeistruhe vor dem Tankstelleneingang.

Kurz entschlossen betrat er den Verkaufsraum und orderte zehn Nogger, 15 Magnum-Classic, 15 Magnum mit weißer Schokolade, 20 Cornetto-Nuss und 25 Flutschfinger. Der Tankwart tippte die Bestellung in den Kassencomputer. Plötzlich hielt er inne und gab zu bedenken:

„Cornetto-Nuss ist aus.“

Jetzt zeigte sich der Bestattungsgehilfe von seiner flexiblen Seite:

„Dann eben Cornetto-Erdbeer.“

Die Eisvariationen brachte er zum Zombiesarg und verteilte sie auf dem Schützenkönig. Als alle Eisportionen auf dem Gast ausgebreitet waren, erinnerte das Ganze an eine ziemlich abgedrehte Werbeaktion für

Speiseeis, frei nach dem Motto: *Und ist Dein Körper auch eisekalt, für Eis am Stiel bist Du nie zu alt.* Nur dass eine Eisportion der Sorte Flutschfinger direkt im Schritt des Eifeler Monarchen platziert war, wirkte etwas obszön. Das bemerkte Siggi Senkelbach allerdings nicht, da er in großer Eile den Sarg schloss, um seine Tour schleunigst fortzusetzen.

8

Nachdem Günther Schmidter Herrn Kleinheisterkamp in der Kühlkammer verstaut hatte, erhielt er einen Anruf von Siggi Senkelbach. Sein Mitarbeiter wollte ihn schonend darauf vorbereiten, dass Winni Mörters Oberbekleidung gewechselt hatte.

„Wie, ich verstehe nicht ganz, Winni Mörter hat jetzt also keine Motorradmontur mehr an? Ja wieso hast Du ihn denn umgezogen?“ wollte ein äußerst beunruhigter Bestatter wissen.

Um seinen Chef nicht noch mehr zu verstören, ließ Siggi Senkelbach ihn in dem Glauben, er selbst habe den Gast umdekoriert.

„Ja isch dachte einfach, bei so einer Hitze is dat in dem Sarg mit den Lederklamotten für den Winni Mörter zu stickisch.“

„Du hast doch hoffentlich regelmäßig die Kühlakkus erneuert?“

„Ja natürlisch, nur eben musste isch auf Speiseeis wechseln, aber dat klappt auch janz jut.“

Günther Schmidter wurde sehr mulmig zumute. Es war doch ein Fehler gewesen, Siggi Senkelbach alleine auf die Tour zu schicken.

„Mein Gott, Speiseeis! Wenn das ausläuft, gibt das eine Riesensauerei. Und Heidelinde Mörter will ihren Vater bei der Trauerfeier im offenen Sarg aufbahren! Was hast Du ihm denn überhaupt angezogen?“

„Eine Schützenuniform.“

„Eine was? Ich glaub, Du bist komplett verrückt geworden. So können wir das nicht lassen. Fahr jetzt erstmal weiter, ich muss mir da noch was einfallen lassen. Und sorg dafür, dass das Speiseeis nicht ausläuft."

„Keine Sorje, dat kann jarnischt auslaufen, dat is jut verpackt. Also dann bis später, tschö Chef."

Siggi Senkelbachs Vertrauen in den hohen Verpackungsstandard der deutschen Speiseeisindustrie erwies sich als vorschnell. Schon bald gingen die Eisportionen in einen flüssigen Zustand über, durchweichten ihre Tütenverpackungen und ergossen sich über den Schützenkönig. Einige Magnum-Classic-Rinnsale bildeten feine surreale Muster auf seinem Gesicht. Seine kahle, fahle Schädeldecke erstrahlte nun in leuchtendem Cornetto-Erdbeer-Rot. Der mächtige Bauch verwandelte sich durch mehrere geschmolzene Nogger in einen wahren Noggerberg und ein flüssiger Flutschfinger schien dem Genitalbereich durch eine quietschbunte Einfärbung zumindest in farblicher Hinsicht wieder Leben einzuhauchen.

Ein anderer Flutschfinger bildete auf des Schützenkönigs rechtem Knie zarte florale Muster, die sich sehr harmonisch mit dem Grün der Uniform verbanden. Der Anblick dieses Knies hatte für sich allein genommen eine schon beinahe aristokratische Anmutung – wenn man von der übrigen Speiseeispampe absah, die den toten Monarchen umgab.

Für diese Feinheiten hatte Siggi Senkelbach jedoch kein Auge, als er gegen Mittag den Beiwagen öffnete und die *Variationen von Speiseeisbrei an totem Monarchen* sah. Schnell war ihm klar, dass Heidelinde Mörter ihren Vater so besser nicht zu Gesicht bekommen sollte. Mochte sie auch kalorienreichen Nahrungsmitteln sehr zugetan sein, aber geschmolzenes Speiseeis war ein zu trauriger Anblick, der die ohnehin schon gedrückte Atmosphäre einer Trauerfeier noch weiter eintrüben würde.

Ratlos schloss er den Sarg und setzte seine Schwarzwaldtour fort. Während der folgenden Kilometer auf der Schwarzwaldhöhenstraße versuchte er einen klaren Kopf zu bewahren und systematisch zu planen, was nun zu tun sei.

Erstens musste er sehr zügig fahren, um am nächsten Tag pünktlich zur Trauerfeier zurück zu sein. Zweitens konnte er sich deshalb um Fragen der Kühlung erstmal nicht kümmern. Winni Mörter musste sich also wohl oder übel mit den steigenden Temperaturen im Zombiesarg abfinden – immerhin bot ihm die reichlich vorhandene Eisbrühe eine kleine kulinarische Entschädigung.

Drittens musste er seinen Gast abends im Hotel unbedingt abduschen, da er in diesem klebrigen Zustand unmöglich an seiner Beisetzung teilnehmen konnte. Und viertens musste noch eine Schwarzwälderkirschtorte aufgetrieben werden.

Unterdessen dachte Günther Schmidter darüber nach, wie die Fahrradtour mit Herrn Kleinheisterkamp zu organisieren wäre. Die idiotische Idee seines noch idiotischeren Mitarbeiters, Winni Mörter mit Eis am Stiel auf einem leichentauglichen Temperaturniveau zu halten, brachte ihn auf den Gedanken, Kurt Kleinheisterkamp in einem Eisverkaufsanhänger, den er hinter sein Fahrrad hängen könnte, zu transportieren.

Er erinnerte sich, solche Eiswagen öfters an beliebten Ausflugszielen gesehen zu haben. In ihm könnte Kurt Kleinheisterkamp gut isoliert und vor allem sehr unauffällig gelagert werden. Niemand würde Anstoß an dem leblosen Inhalt nehmen, und wenn die Kühlakkus schön regelmäßig gewechselt würden, stände einer zünftigen Radtour nichts im Wege.

Günther Schmidter schaltete seinen Computer ein, um im Internet nach gebrauchten Eiswagen zu suchen. Nach längerer Recherche fand er ein gut erhaltenes Exemplar. Der Anhänger war in den italienischen Nationalfarben lackiert. Auf den Längsseiten stand in großen Jugendstilbuchstaben *Gelato Italiano*, über dem Eiswagen war auf einer Halterung ein Baldachin aus rot-weiß-grün gestreiftem Markisenstoff mit kleinen blauen Fähnchen gespannt.

Günther Schmidter war auf Anhieb begeistert, genau das war das richtige Fahrzeug für Herrn Kleinheisterkamp und die farbenfrohe Lackierung würde dazu beitragen, der Sauerlandfahrt die Leichtigkeit zu geben, die sich Frau Kleinheisterkamp von dem Ausflug erhoffte. Nur der Umstand, dass der Anhänger um einiges kürzer als Kurt Kleinheisterkamp war, erforderte ein wenig Improvisationstalent. Aber Günther Schmidter war sich sicher, dass er seinen Gast mit der entsprechenden Falttechnik schon verstaut kriegen würde.

Hatte seine Frau nicht vor einiger Zeit mal an einem Volkshochschulkurs für japanisches Papierfalten teilgenommen? Er hatte sich damals gefragt, wozu sie so einen fernöstlichen Blödsinn lernt, wo sie es noch nicht mal hinkriegt, die Tageszeitung nach dem Lesen wieder ordentlich zusammenzufalten. Vielleicht war jetzt ja der Zeitpunkt gekommen, dass sie ihre Faltkünste an Herrn Kleinheisterkamp unter Beweis stellen konnte. Andererseits sähe es vielleicht etwas unpassend aus, wenn Helga Schmidter aus Kurt Kleinheisterkamp einen Origamischwan oder eine Lotusblüte oder ein Pandabärchen falten würde.

Aber das waren Details, die später noch geklärt werden konnten. Auf jeden Fall musste sich Kurt Kleinheisterkamp darauf einstellen, dass die Reise etwas beengt von statten ging. Doch mochte die Körperhaltung für den Gast während der Reise auch etwas unkommod werden, so hatte sein Leichnam immerhin die schöne Aussicht, dass er nach Beendigung der Sauerlandfahrt für unbegrenzte Zeit ganz bequem und lang ausgestreckt liegen konnte.

Beflügelt von seinem neuen Projekt rief Günther Schmidter direkt den derzeitigen Besitzer des Eiswagens an, um sein Interesse zu bekunden. Es meldete sich ein gewisser Dino Mantonelli. Herr Mantonelli betrieb in Duisburg die Pizzeria *La Cervello.* Er zeigte sich sehr interessiert, den Eiswagen möglichst rasch zu verkaufen. Der Preis war sehr kulant und Dino Mantonelli bot sogar an, den Wagen bei den Erlebnisbestattungen Abendfrieden vorbeizubringen. Der Bestatter zögerte nicht lange und sagte zu. Am nächsten Tag bereits wollte der Duisburger Pizzabäcker mit dem Eiswagen vorbeikommen.

Hochzufrieden über diesen raschen und unkomplizierten Handel erzählte Günther Schmidter seiner Frau von seinem Plan für die Sauerlandfahrt. Wie immer hatte Helga Schmidter eine gesunde Skepsis, wenn alles zu glatt ablief. Ihre Lebenserfahrung hatte sie gelehrt, gerade in solchen Fällen immer mit Fallstricken zu rechnen. Leider sollte sie auch im Fall des Eiswagens recht behalten, aber das sollte sich erst später herausstellen. Momentan jedenfalls konnte nichts und niemand dem Erlebnisbestatter die gute Laune verderben.

Das heißt, eigentlich gab es schon jemanden, der es spielend vermochte, Günther Schmidters Stimmung jederzeit aufs Gröbste zu versauen und auf ungeahnte Tiefpunkte zu drücken. Siggi Senkelbach wäre dazu auch jetzt gut in der Lage gewesen, wenn er seinen Chef wahrheitsgemäß über den Zustand des vermeintlichen Winni Mörter im Sargbeiwagen informiert hätte. Der Bestattungsgehilfe zog es jedoch vor, die Lage seines Gastes in seinem telefonischen Zwischenbericht ein wenig geschönt zu beschreiben.

„Ja hallo Chef, isch wollte nur mal kurz Bescheid jeben, dat der Winni Mörter noch schön kühl un janz adrett im Beiwagen liescht."

„Na gut, aber heute Abend musst Du unbedingt die Eishörnchen aus dem Sarg nehmen und wieder Kühlakkus rein tun."

„Ja klar, hab isch alles im Jriff. Isch bin jetzt schon fast wieder auf der Rückfahrt. Isch fahr jetzt noch bis in die Jegend von Freibursch un morgen fahr isch dann hier schon janz früh ab, dann klappt dat auf jeden Fall, da sind wir jarantiert zur Trauerfeier pünktlisch da. Isch melde misch morjen früh wieder", verabschiedete sich Siggi Senkelbach mit soviel Optimismus in der Stimme, wie es ihm in dieser Situation möglich war.

Ein erneuter Blick in den Frühlingszombiesarg verriet ihm, dass sich die Transportsituation nicht verbessert hatte und dass eigentlich kein Optimismus angebracht war. Soviel war ihm klar, mit einfachem Abduschen konnte er Winni Mörter nicht auf Vordermann bringen. Außerdem konnte der den vollständig mit Speiseeis bekleckerten und mit Eiswaffelstücken garnierten Schützenkönig unmöglich in ein Hotelzimmer tragen, ohne lästige Fragen des Hotelpersonals zu provozieren.

Kurz entschlossen fuhr er zur nächsten Tankstelle und mietete dort einen Hochdruckreiniger. Hinter einem LKW, vor neugierigen Blicken geschützt, hob Siggi Senkelbach seine Majestät aus dem Beiwagen und strahlte den klebrigen Eifelschützen beherzt ab. Nachdem sein Gast wieder in neuem Glanz erstrahlte, reinigte er den Beiwagen und legte den Schützenkönig wieder zurück in seine Behausung.

Anschließend brachte er den Hochdruckreiniger zurück zur Tankstelle, trank noch schnell einen Kaffee und setzte seine Fahrt fort.

Nach einer Stunde erreichte er die Stadtgrenze von Freiburg. Da es bereits 20 Uhr war, entschied er sich, den nächsten Gasthof anzusteuern. Dort buchte er ein Zimmer und setzte sich in die Gaststube, um die erste warme Malzeit seit Beginn der Tour einzunehmen.

Während des Essens fiel sein Blick auf die Kuchentheke. Siedend heiß fiel ihm ein, dass er noch eine Schwarzwälderkirschtorte besorgen musste. Glücklicherweise hatte der Wirt noch eine ganze Torte auf Lager, die Siggi Senkelbach morgen mitnehmen konnte. Auch die Kühlakkus ließen sich in einer Gefriertruhe des Gasthauses über Nacht kühlen.

Sorge bereitete Siggi Senkelbach nur, Winni Mörter in seinem Frühlingssarg die ganze Nacht über unbeaufsichtigt am Straßenrand zu parken. Alle Skrupel über Bord werfend bat er den Wirt, ihm zu helfen den Sarg mit auf sein Zimmer zu tragen.

„Aber nicht, dass da noch eine Leiche drin ist“, scherzte der Gastronom.

„Doch, aber verraten Sie dat nisch weiter, dat is sojar ne Wasserleische“, gab Siggi Senkelbach launig zum Besten.

Lachend gingen die beiden Männer zur Straße, entriegelten den Schnellverschluss und hoben den Zombiesarg samt Inhalt vom Fahrgestell.

„Wiegt aber ganz schön viel“, stöhnte der Wirt.

„Is ja auch Eische massiv“, erklärte der Bestattungsgehilfe fachmännisch.

Als sie den Sarg über die Eingangstreppe hoben, rannen bedingt durch die Schräglage letzte Reste von der Waschaktion aus dem Sarginneren auf die Stufen.

„Wasserleiche sagten Sie?“ fragte der Wirt nun nicht mehr scherzhaft, sondern mit einem misstrauischen Stirnrunzeln.

„Nee, dat war nur ein kleiner Witz. Isch benutz den Sarg manschmal als Kühlbox, also als Kühlsarg quasi. Isch hab nämlisch einen Kurierdienst für Tortentransporte für Beerdigungskaffees. Wat da rausläuft sind wahrscheinlisch noch Reste von dem Kühleis“, versuchte sich Siggi Senkelbach aus der Affäre zu ziehen.

Die Miene des Gastwirts zeigte, dass ihn Siggi Senkelbachs Erklärungsversuche nicht ganz überzeugen konnten. Von einem Beerdigungstortenkurierdienst hatte man im Badischen noch nie etwas gehört. Aber wer weiß, rheinischen Frohnaturen war so einiges zuzutrauen!

Um seine Geschichte noch ein wenig glaubhafter zu gestalten, schob Siggi Senkelbach noch eine weitere Erläuterung hinterher:

„Wissen Sie, der Werbespruch für meinen Trauertortenservice heißt: *Fehlen Dir am Grab auch mal die Worte, Hauptsache Du hast frische Torte.*“

In diesem Moment war Siggi Senkelbach selbst sehr überrascht über seinen kreativen Umgang mit der Sprache, Not macht anscheinend nicht nur erfinderisch, sondern auch gesprächig. Am Gesichtsausdruck des Badensers war abzulesen, dass er es für aussichtslos hielt, die rheinische Lebensart begreifen zu wollen.

Am nächsten Morgen rief Günther Schmidter seinen Mitarbeiter bereits um sieben Uhr an, um sich zu vergewissern, dass er sich mit seinem Gast zeitig auf den

Heimweg gemacht hatte. Danach wartete er auf Herrn Mantonelli, der bereits gegen neun Uhr den Eiswagen vorbei bringen wollte.

Eigentlich hätte Günther Schmidter das neue Erlebnisbestattungsfahrzeug lieber einen Tag später in Empfang genommen, denn Winni Mörters Beisetzung lag ihm schwer im Magen. Im Moment hatte er für das neue Projekt einfach nicht den Kopf frei. Aber der Duisburger Pizzabäcker hatte mit einem fast schon panischen Unterton darauf gedrängt, den Eiswagen unbedingt schon heute zu übergeben. Irgendwie fand Günther Schmidter diese Eile schon merkwürdig. Ob Herr Mantonelli befürchtete, dass er bei längerer Bedenkzeit noch von dem Geschäft zurücktreten werde?

Nach dem Telefongespräch mit seinem Chef und einem guten Frühstück lud Siggi Senkelbach den Sarg mithilfe des Wirts wieder auf den Beiwagen. Ursprünglich hatte er ja noch vor Tagesanbruch den Heimweg antreten wollen, hatte aber gar nicht daran gedacht, dass er den Sarg unmöglich allein hinaustragen konnte und so musste er warten, bis der Gastwirt aufgestanden war.

Außerdem hatte er in dieser Nacht sehr schlecht geschlafen und war froh, einen guten Grund gefunden zu haben, um noch etwas länger im Bett bleiben zu können. Die Erlebnisse der letzten beiden Tage hatten sich in wüsten Traumgebilden entladen, die ihn immer wieder von Angstschreien begleitet aus seinem Schlaf aufschrecken ließen.

Im Traum sah er, wie sich der Sargbeiwagen vom Motorrad löste und in wilder Fahrt von den Schwarzwaldhöhen hinunter durchs Höllental Richtung Freiburg donnerte. Der Zombie hatte sich vom Sargdeckel erhoben, den Deckel abmontiert, ihn zur Seite abgeworfen und sich zu Winni Mörter in den Sarg gesetzt. Die beiden aßen Cornetto-Nuss und grölten Eifeler Schützenlieder. Siggi Senkelbach jagte mit seiner Harley dem Beiwagen hinterher, konnte ihn aber nicht einholen, da dieser mit einer immer irrwitzigeren Geschwindigkeit zu Tal raste. Günther Schmidter und Heidelinde Mörter standen am Straßenrand, klatschten Beifall und feuerten ihn zu immer größerem Tempo an.

Schließlich knallte der Beiwagen gegen einen Dorfbrunnen, Winni Mörter und der Zombie wurden zu Boden geschleudert, standen aber sofort wieder johlend und Eis schleckend auf und tanzten mit dem badischen Wirt um den Brunnen. Auf dem Brunnenrand stand Herr Kleinheisterkamp, der von seiner Frau nur mit Mühe daran gehindert werden konnte, in den Brunnen zu pinkeln, indem sie ihm einen Kühlakku in den Hosenschlitz steckte.

Als Siggi Senkelbach aufwachte, spürte er eine große Erleichterung, dass der Sarg mit Winni Mörter und dem Zombie immer noch wohlbehalten in seinem Zimmer neben dem Bett stand.

Nachdem der Sarg auf dem Fahrgestell befestigt war, ging der Wirt wieder zurück ins Gasthaus, Siggi Senkelbach öffnete das Grabmöbel und versicherte sich nochmal, dass die nächtlichen Albträume wirklich nur Träume gewesen waren. Beruhigt stellte er fest, dass Winni Mörter in seiner immer noch triefend nassen Schützenmontur friedlich auf den weiteren Fortgang der Reise wartete. Der Zombie auf dem Sargdeckel grinste wie immer, nur heute vielleicht noch eine Spur hämischer.

„Soll ich die Torte gleich in den Kühlsarg legen?“

Erschreckt drehte sich Siggi Senkelbach um und sah, wie sich der Wirt mit einer üppigen Schwarzwälderkirschtorte näherte. Hastig schloss er den Sarg.

„Nee danke, stellen Sie die hier mal auf dem Motorrad ab. Isch tu erstmal die Kühlakkus rein."

Misstrauisch blickte der Badenser auf Siggi Senkelbach und seinen Beiwagen. Irgendetwas schien an der Sache faul zu sein. Auch die Schreie, die nachts aus dem Zimmer des mysteriösen niederrheinischen Trauertortenkuriers drangen, waren für den Wirt nicht gerade eine vertrauensbildende Maßnahme. Einmal meinte er gar gehört zu haben, wie der Niederrheiner rief: „Mach den Sarg zu und hör endlisch mit dem Eisessen auf."

Der Wirt erwog ernsthaft, die Polizei zu benachrichtigen. Man hörte ja immer wieder von hochgefährlichen Al-Qaida-Attentätern, die durch eine geschickte Tarnung ihre Umgebung zu täuschen versuchten, um dann in einem unbeobachteten Moment alles in die Luft zu sprengen. Möglicherweise hatte dieser Kerl ja vor, mit seinem Gespann in das Freiburger Münster zu rasen, um sich dort in die Luft zu jagen. Aber wieso brauchte er dafür unbedingt eine Schwarzwälderkirschtorte? Vielleicht um durch eine gleichzeitige Zerstörung dieses heiligen Symbols der badischen Lebensart seine Opfer noch mehr zu verhöhnen? Das Freiburger Münster in Trümmern und bekleckert mit den Resten einer weltberühmten Tortenspezialität – eine grauenhafte Vorstellung!

Oder sollte etwa nicht Al-Qaida, sondern gar eine schwäbische Untergrundarmee hinter den Attentatsplänen stecken? Dieser Gedanke war für den braven Wirt derart furchterregend, dass er beschloss, sich erstmal nur still zu verhalten, dem niederrheinischen Söldner in schwäbischen Diensten wie gewünscht die Kühlakkus zu bringen und bei einigen Gläsern Kirschwasser die weitere Entwicklung abzuwarten.

Als sich Siggi Senkelbach von seinem badischen Gastgeber verabschiedete, schien der einen etwas verstörten Eindruck zu machen. Hastig gab er dem vermeintlichen Trauertortenkurier die Kühlakkus und entfernte sich rasch wieder mit den Worten:

„Verschonen Sie wenigstens Frauen und Kinder."

Noch ehe Siggi Senkelbach um eine nähere Erläuterung dieser merkwürdigen Bitte nachsuchen konnte, war der Gastwirt verschwunden. Hatte der badische Kneipier nahe Angehörige durch rücksichtslose Motorradfahrer verloren? Oder war diese Bitte einfach nur ein üblicher badischer Abschiedsgruß?

Siggi Senkelbach entschied sich gemäß seiner positiven Grundeinstellung für die zweite Möglichkeit. Außerhalb des Niederrheins gibt's eben die merkwürdigsten Grußformeln, die sich mit dem gesunden niederrheinischen Menschenverstand einfach nicht nachvollziehen lassen. Wieso etwa begrüßen sich die Ostfriesen zu jeder Tages- und Nachtzeit mit *Moin-Moin*? Oder wie kann es sein, dass sich Bayern, auch wenn sie sich bester Gesundheit erfreuen und ihr baldiges Ableben noch nicht ansteht mit *grüß Gott* anreden?

Da dem Bestattungsgehilfen die Menschen hier unten in Baden sowieso eine Spur schwermütiger schienen als der Menschenschlag zwischen Kleinen-broich und Kleve, lag es nahe, dass sie statt des gewohnten *Tschüs* oder *Tschö* die etwas düster klingende Abschiedsformel *verschone Frauen und Kinder* bevorzugten.

Gedankenversunken garnierte er den Schützenkönig mit den Kühlakkus und stellte die Schwarzwälderkirschtorte als dekorativen Höhepunkt auf den Bauch des gut gekühlten Gastes. Ihm fiel dabei ein, dass er noch nicht allzu viele Erinnerungsfotos von der Schwarzwaldtour geschossen hatte, also lichtete er rasch noch den tortetragenden Monarchen ab.

Danach machte er sich auf die Rückfahrt. Kurz vor Karlsruhe hielt er nochmal an, um zu tanken. Als er die Tankfüllung bezahlt hatte, verabschiedete er sich von dem freundlichen Tankwart mit einem ortsüblichen „und verschonen Sie Frauen und Kinder“. Augenblicklich bekam der bislang nette Gesichtsausdruck des Tankwarts eine badisch-schwermütige Note und der Kraftstoffhändler bot ihm reichlich Prügel an, wenn er nicht augenblicklich mache, dass er weiterkomme. Siggi Senkelbach entschied, dass ihm die badischen Sitten und Gebräuche eine Spur zu derb waren.

9

Ein paar Hundert Kilometer rheinaufwärts traf Herr Mantonelli bei den Erlebnisbestattungen Abendfrieden ein, um den Eisanhänger abzuliefern.

Das neue Leichenfahrzeug machte einen tadellos gepflegten Eindruck, die farbenfrohe Lackierung strahlte tatsächlich wie auf den Abbildungen im Internet jede Menge Lebensfreude aus. Ein Blick ins Innere ließ Günther Schmidter jedoch zweifeln, ob die Liegefläche für den neuen Gast nicht doch entschieden zu knapp war. Selbst mit Helga Schmidters Origamifalttechnik schien ihm das Problem der sachgerechten Verstauung von Herrn Kleinheisterkamp kaum lösbar. Aus beruflicher Erfahrung wusste er, dass der menschliche Körper in falttechnischer Hinsicht nur begrenzt belastbar ist.

Herr Mantonelli bemerkte die Unentschlossenheit des Bestatters.

„Was für Problem haste Du?“ fragte er mit ausgeprägtem italienischem Akzent.

„Ich bin mir nicht sicher, ob der Wagen groß genug ist.“

„Mama mia, der iste so groß, da Du kriegst ganz, ganz viel Gelato rein.“

„Ja aber da soll gar kein Eis rein“, entgegnete Günther Schmidter etwas unbedacht.

„No Gelato? Ja was willste Du denn tun rein?“

„Ja sozusagen“, Günther Schmidter wusste nicht recht, wie er sich rausreden sollte, „also gewissermaßen so was wie Körper.“

„Ah, Du willste aus dem Anhänger macken eine Verkaufswagen für Fleisch und Wurst, Salami, Mortadella, Schinken di Parma. No Problema, kannste Du alles prima in Anhänger stapelen."

„Nein, ich meine nicht direkt Fleisch und Wurst, sondern nur einen Körper."

„Ja was denn? Eine Porco, wie sagte man – also eine Schwein geht rein, no Problema. Aber natürlich für eine ganze Kuh haste Du kein Platz."

„Also um ganz ehrlich zu sein", Günther Schmidter gab sich einen Ruck, „bitte behalten Sie das für sich – also um ehrlich zu sein, ich brauche den Eiswagen, um einen Leichnam zu transportieren. Verstehen Sie, ich bin ja Bestatter."

Herrn Mantonellis Reaktion auf diese Information erstaunte Günther Schmidter sehr. Statt irgendeine Art von Schockiertsein zu zeigen, reagierte der Duisburger Pizzaspezialist mit einem breiten verständnisvollen Lächeln.

„Ah, warum Du sagste nich gleich, Collega. Ich versteh sehr gut. Weißte Du, unter uns gesagt, eine Kumpel von mir hat auch schon paarmal Leichen da drin transportiert", sagte Herr Mantonelli mit einem Augenzwinkern.

„Ihr Bekannter ist auch Bestatter?"

„Aber no,no, no", lachte Herr Mantonelli.

„Meine Kumpel arbeitet, wie soll ich sagen? Also für eine Familienunternehmen aus Süditalia. Die haben hier Filiale in Duisburg und wenn eine Geschäftspartner z. B. nicht will pünktlich zahlen oder verletzt Ehre von Familienunternehmen, wenn also z. B. sagen: *is so eine Scheißefamilienunternehmen*, dann …", Herr Mantonelli machte eine unschöne Handbewegung an seinem Kehlkopf, „dann eben kommt mal schnell in Eiswagen. Und mit Ehre von Familienunternehmen iste wieder alles gut. Gibte manchmal Geschäftspartneridiot mit dem Du kommst einfach nix klar, is wie Feuer und Scheiße, dann nur bleibt einzige Möglichkeit von Eiswagen."

Der Bestatter zeigte nun den irritierten Gesichtsausdruck, den er zuvor bei seinem Gesprächspartner vermisst hatte.

„Feuer und Wasser", sagte Günther Schmidter, nur um irgendwas zu sagen.

„Was Du meinst mit *Feuer und Wasser*?"

„Es heißt nicht *Feuer und Scheiße*, sondern *Feuer und Wasser*."

„Wenn ich sagen Feuer und Scheiße, dann Du besser mich nix verbessern oder willste Du sagen, dass ich bin italienisches Blödmann, dass nix sprecken kann deutsch. Willste Du Ehre von die Familie Mantonelli durch die Dreck von die dreckige Niederrhein ziehen?"

Herr Mantonelli schien derart gereizt, dass sich Günther Schmidter spontan ausmalte, wie die Mantonellische Familienehre auf seine Kosten wieder hergestellt wurde. Dieser Gedanke beunruhigte ihn noch mehr als die Geschichte des Eiswagens.

„Oh nein Herr Mantonelli, es liegt mir wirklich fern, Sie zu beleidigen. Ich bin nur etwas verwirrt, weil ich dachte, dass es sich um einen ganz normalen Speiseeisanhänger handelt."

„Bene, iste gut, dass Beleidigungen liegen fern. Und wegen die Eisanhänger Du musst nicht erschreckt sein. Kuck mal, so eine Gelatowagen iste doch ganz saubere Sache. Viel besser als Leiche von blöde Geschäftspartner klein macken zu Hackenfleisch oder auflösen in Salzensäure. Iste alles Riesensauerei und Du kriegst Ärger mit Deine Frau, wenn Küche iste versaut mit Blut von dummes Geschäftspartnerblödmann. Besser schön in Anhänger packen und schöne Ausflug in Stadtpark macken und da bissken Picknick macken mit

Vino Rosso und leckere Formaggio und nachher bissken Tiramisu – und dann wenn dunkel wird, aufmacken Eiswagen und altes Geschäftspartnerarschloch verbuddeln."

Günther Schmidter starrte entsetzt auf den Eiswagen.

„Iste wirklich no Problema, Du mir kannst vertrauen. Komm, ich Dir zeigen, wie Du Leiche von Geschäftspartneridiot packst rein. Haste Du zufällig Leiche irgendwo?"

Wie in Trance zeigte Günther Schmidter in Richtung der Kühlkammer, die momentan nur Herrn Kleinheisterkamp beherbergte. Entschlossen machte sich Herr Mantonelli auf den Weg zur vorübergehenden Behausung des Gastes aus der Eifel. Günther Schmidter öffnete die Tür und der Duisburger Verpackungsexperte warf einen fachkundigen Blick auf Herrn Kleinheisterkamp. Als er seinen Hals näher in Augenschein nahm, huschte ein genießerisches Lächeln über seine Züge. Mit Kennerblick drehte er sich zu Günther Schmidter um.

„Ah Collega, iste wirklich ganz saubere Arbeit."

Mit aufrichtiger Anerkennung klopfte er dem Bestatter auf die Schulter.

„Du bevorzugen Variante Napolitana – einmal macken *knack* an Hals von unverschämtes Geschäftspartner und dann iste gut. Iste auch Feind von Deine Familie?"

Herr Mantonelli deutete auf den unschuldigen Herrn Kleinheisterkamp.

„Nein, nein Herr Mantonelli, das ist alles ganz anders, als Sie denken. Der Herr hier hat sich beim Pinkeln den Hals gebrochen."

„Ah beim Pinkelen, bei macken Pipi – ah bravo, bravo", Herr Mantonelli brach in herzhaftes Lachen aus,

„Du wirklich haben gute Humor, Du mir gefallen! Ich auch immer sagen: auch schwere Arbeit gehen besser mit bissken Humor. Und jetzt ich Dir zeigen, wie Du verpacken Feind von Familie."

Herr Mantonelli ging raus und holte den Eiswagen in die Kühlkammer.

„Du biste Glücksepilz."

„Wieso Glückspilz?"

Verwirrt starrte Günther Schmidter vor sich hin.

„Na weil Du hast gemackt Metodo Napolitano."

Der Pizzabäcker drehte den sehr beweglichen Kopf von Herrn Kleinheisterkamp in verschiedene Richtungen.

„Wegen macken knack mit die Hals von Familienfeindidiot jetzt iste alles kinderleicht. Kannste Du ganz praktisch klappen Kopf von diese Blödian auf Brust und alles iste prima kompakt."

Mit einigen geübten Handgriffen und einer Falttechnik, die jahrelange Erfahrung im Einpacken von Pizzen, Familienfeinden und Geschäftspartnern verriet, verstaute Herr Mantonelli den wehrlosen Ex-Eifeler im Eiswagen und knallte den Deckel drauf.

„Klappe zu, Affe iste tot, wie man so sagen, hahaha."

Günther Schmidter beschloss, Herrn Kleinheisterkamp direkt im Eiswagen zu lassen, da er fürchtete, ihn ohne Mantonellis Hilfe nicht wieder so akkurat hineinzubekommen. Dieses Problem kannte er von Geschenkverpackungen. Wenn man die zu Hause öffnet, um sich die Pralinenschachtel für Tante Herta oder den Kerzenständer für Oma Hedwig vor dem Verschenken nochmal anzuschauen, kriegt man das Einpacken nie mehr so hin wie die Verkäuferin im Geschäft, und es sieht einfach nur knubbelig aus. Und ein knubbelig verpackter Herr Kleinheisterkamp ging Günther Schmidter gegen sein ästhetisches Empfinden – auch wenn es sich bei dem abgestürzten Pinkelakrobaten eigentlich nicht um ein Geschenk handelte.

Der Eiswagen blieb also samt Gast in der Kühlkammer stehen und der Bestatter ging mit Herrn Mantonelli in sein Büro, um den finanziellen Teil zu erledigen. Er gab ihm den vereinbarten Betrag und bat ihn, den Empfang zu quittieren.

„No, no besser nix Documento, nie macken Geschäfte zwischen Familien mit Documento."

„Aber für die Steuer…", gab Günther Schmidter zu bedenken.

„Ah, Du immer macken Scherze", der Pizzabäcker schüttelte sich vor Lachen, „erst Du macken Metodo Napolitano und dann Du willst absetzen von die Steuer."

Günther Schmidter versuchte gar nicht mehr, Herrn Mantonelli zu erklären, dass er schlicht und einfach nur Bestatter war und der Gast aus der Eifel ihm weder Geld schulde, noch seine Familienehre beleidigt hatte. Als Herr Mantonelli ihm dann jedoch noch dringend riet, den Eiswagen nur hier am Niederrhein einzusetzen und den Großraum Duisburg speiseeisbestattungsmäßig auf jeden Fall zu meiden, kamen ihm ernste Zweifel.

„No, no alles iste bestens in Ordnung", versuchte ihn der Duisburger Entsorgungsspezialist für Familienfeinde zu beruhigen, „iste reine, wie sagte man, Maßnahme von Vorsicht. Weil gibt ein paar Leute in Duisburg, sind alles Arschenlochfamilienfeinde, die nicht mögen diese Eiswagen. Also dann Halse- und Beinebruck und ciao."

Mit diesen Worten verabschiedete er sich, stieg in seinen Wagen und fuhr los.

„War das dieser Pizzamann aus Duisburg?“

Erschreckt drehte sich Günther Schmidter um, hinter ihm stand seine Frau. Gedankenversunken schaute er in ihr Gesicht, aber eigentlich schaute er durch sie hindurch.

„Ob das dieser Pizzaheine war, will ich wissen?“

„Ja, das war Herr Mantonelli. Mit dem Eiswagen ist alles klar. Du brauchst Dir keine Sorgen zu machen. Wir haben ja keine Familienfeinde.“

„Sag mal geht es Dir nicht gut? Wieso soll ich mir keine Sorgen machen und was faselst Du da von Familienfeinden? Willst Du damit etwa andeuten, dass Du nächste Woche schon wieder nicht mit zu Tante Hermines Geburtstag kommen willst?“

„Nein, nein, ist schon alles o.k. Der Herr Kleinheisterkamp liegt auch schon im Eiswagen. Herr Mantonelli hat ihn da sehr schön akkurat reingepackt. Wir sollten nur besser nicht mit dem Eiswagen durch Duisburg fahren, aber die Tour soll ja sowieso nur durchs Sauerland gehen.“

„Wieso nicht durch Duisburg?“

„Ja weil, weil … also die Familie von Herrn Mantonelli hat sich mit dem Eisverkauf in Duisburg offenbar nicht nur Freunde gemacht“, versuchte Günther Schmidter die wahren Hintergründe des neuen Erlebnistransportbehälters vor seiner Frau zu verbergen.

Denn wenn sie die vom Pizzamann angedeuteten Zusammenhänge, Hinter- und Abgründe spitz bekommen würde, könnte er den Eiswagen vergessen. Helga Schmidter reagierte in solchen Sachen nämlich sehr hysterisch – zumindest glaubte das ihr Ehemann, denn der Fall eines Speiseeisverkaufswagens mit mafiöser

Vergangenheit war in der Schmidterschen Ehe bisher nie ernsthaft thematisiert worden.

„Das muss ja wirklich ein grottenschlechtes Eis gewesen sein, wenn die Leute da derartig nachtragend sind.“

„Ja vielleicht ein Gammeleisskandal oder so was. Also Eis, das eigentlich nur noch als Viehfutter zugelassen ist und dann mit reichlich Erdbeeraroma wieder aufgepeppt wird.“

Beim Stichwort *Gammeleis* erinnerte sich Günther Schmidter daran Siggi Senkelbach anzurufen. Es war mittlerweile bereits zwölf Uhr und Punkt 14 Uhr musste Winni Mörter in der Trauerhalle eintreffen.

„Hallo Siggi, wo bist Du denn jetzt?“

„Hallo Chef, bin jrad in einer Raststätte bei Mönschengladbach. Keine Sorje, isch trink nur einen Kaffee, jleisch bin isch wieder unterwegs, dat haut hundertprozentisch hin.“

„Hör mal, komm auf jeden Fall vorher mit Winni Mörter hier im Betrieb vorbei. Ich will mir unseren Gast unbedingt nochmal ansehen, bevor wir zur Trauerhalle fahren.“

„Alles klar Chef. Übrijens, hier läuft jrad dat Fernsehen un da bringen die eine Suchmeldung von der Polizei. Dat is der totale Zufall, da suchen die einen, der hat voll die Ähnlischkeit mit Winni Mörter. Also Zufälle jibt es, dat kann man jarnisch jlauben.“

„Ja gut, interessant, aber bitte mach Dich bald auf den Weg.“

Günther Schmidter hatte aufgelegt. Siggi Senkelbach verfolgte voll Interesse weiter die Suchmeldung im Fernsehen. Verblüfft hörte er, wie dort mitgeteilt wurde, dass der Gesuchte, sein Name war Josef Zillermann, zuletzt am gestrigen Abend auf einem Schützenfest in der Eifel gesehen wurde, wo er am Mittag durch sehr präzise Schüsse zum neuen Schützenkönig aufgestiegen war.

Angesichts dieser Häufung von Zufällen schüttelte Siggi Senkelbach schmunzelnd seinen Kopf: nicht nur, dass der Leichnam im Sarg dem Vermissten zum Verwechseln ähnelte, außerdem trug er auch noch genau wie dieser eine Schützenuniform, Sachen gabs! Ob am Ende der Schützenkönig Winni Mörter seiner Motorradmontur beraubt hatte und ihm statt dessen seine Schützenkleider angezogen hatte? Aber warum? Vielleicht hatte der Schützenbruder Panik bekommen angesichts der hohen Kosten, die das Königsamt mit sich brachte, und war Hals über Kopf unerkannt als Motorradfahrer untergetaucht.

10

Kurz nach eins erreichte der Bestattungsgehilfe mit seinem Harleygespann die Erlebnisbestattungen Abendfrieden. Aufgeregt kam Günther Schmidter aus seinem Büro, fragte seinen Mitarbeiter, ob alles soweit gut abgelaufen sei, und öffnete den hölzernen Beiwagen. Als er den Inhalt erblickte, färbte sich sein Gesicht augenblicklich puterrot. Siggi Senkelbach erkannte, dass er sich jetzt besser einige Schritte von seinem Chef entfernt halten sollte, da dieser im Begriff war, einen massiven cholerischen Anfall zu bekommen.

Der Anfall wäre sicher noch heftiger ausgefallen, wenn Günther Schmidter hätte erkennen können, dass nicht Winni Mörter sondern ein unbekannter Schützenbruder den Sarg bewohnte. Diesen fatalen Umstand konnte der Bestatter jedoch dank der Schwarzwälderkirschtorte nicht direkt bemerken. Die Torte hatte nämlich während der Fahrt ihr Hochplateau auf dem üppigen Wanst des Eifelschützen verlassen und sich statt dessen mitten im Gesicht des Monarchen platziert. Auf den ersten Blick erinnerte das Ganze an eine Szene aus einem amerikanischen Klamaukfilm, in welchem einem der Darsteller aus dramaturgischen Gründen eine Torte ins Gesicht geworfen wird.

„Du altes blödes Rindvieh! Kannst Du mir mal verraten, wie wir Winni Mörter bis zwei Uhr wieder in eine akzeptable Leiche verwandeln sollen? Und die Schwarzwälderkirsch für meine Frau kann ich natürlich auch vergessen.“

„Also isch glaub, wenn wir die Torte schön vorsischtisch zusammenkratzen, kriejen wir die irjendwie wieder hin."

„Halt bloß den Rand! Meinst Du, ich schenk meiner Frau eine Torte, an der Winni Mörter schon stundenlang rumgenuckelt hat? So, los, jetzt kratzen wir erstmal den ganzen Sahnebrei ab und versuchen den Kirschwassergeruch wegzukriegen."

Nachdem die beiden das Gesicht des Schützenkönigs mit fast schon archäologischer Fingerfertigkeit ausgegraben und freigelegt hatten, starrt Günther Schmidter fassungslos auf das Resultat der Grabungstätigkeit.

„Das, das …", der Bestatter rang nach Worten, „das ist nicht Winni Mörter. Wer ist das?"

„Wie, dat is nisch Winni Mörter? Wer soll dat denn sein?"

Siggi Senkelbach klaubte dem Regenten aus der Eifel noch eine letzte Kirsche von der Nasenspitze. Obwohl der Schützenleichnam dadurch einen erheblich seriöseren Eindruck machte, mutierte er durch diesen Eingriff erwartungsgemäß trotzdem nicht zur sterblichen Hülle des Winni Mörter.

„Woher soll *ich* wissen, wer das sein soll, Du, Du …", hier fehlten Günther Schmidter die passenden Schimpfwörter, die derb genug waren, seine bodenlose Wut, Enttäuschung und Verachtung auszudrücken.

Aber andererseits war er Bestattungsprofi genug, um auch mit den heikelsten Situationen fertig zu werden. Rasch hatte er sich wieder gefangen und entschied pragmatisch:

„Es ist jetzt zwanzig vor zwei, meine Frau wartet schon mit der ganzen Trauergesellschaft in der Leichenhalle, jetzt können wir nichts mehr an unserem

Gast verändern. Heidelinde Mörter wollte ihren Vater unbedingt nochmal sehen, ich werde ihr klar machen, dass sie besser nur einen Teil von ihm sieht und den Rest so in Erinnerung behält, wie er früher war."

„Wat für einen Teil vom Winni Mörter wollen Sie ihr denn zeigen?"

„Die Füße."

„Die Füße?"

„Ja, und zwar mit Deinen Motorradstiefeln. Komm, zieh sie aus, wir ziehen sie unserm Gast dann an."

In aller Eile wurde das Schuhwerk des Schützenkönigs gewechselt. Siggi Senkelbach schloss den Sarg und steuerte das Gespann Richtung Friedhof. Günther Schmidter fuhr vor, um Heidelinde Mörter auf die neue Situation vorzubereiten.

Als er die Trauerhalle betrat, nahm er zunächst kurz seine Frau beiseite und erklärte ihr kurz die kleine Veränderung des Arrangements.

„Warum soll Frau Mörter nur die Stiefel sehen?"

„Frag nicht lange, erklär ich Dir alles später."

Dann ging er zu Heidelinde Mörter.

„So Frau Mörter, mein Mitarbeiter kommt gleich mit dem Harleygespann hier reingefahren. Die Schwarzwaldfahrt war ein voller Erfolg, ihr Vater hat seine letzte Tour nochmal in vollen Zügen genossen – wenn man das in diesem Fall mal so salopp sagen darf. Nur leider, die Fahrt hat ihn doch mehr angestrengt, als wir vorher dachten. Ich würde den Sarg deshalb beim Trauergottesdienst lieber nur ein Stück öffnen. Behalten Sie Ihren Vater einfach so in Erinnerung, wie Sie ihn kannten."

„Ja gut Herr Schmidter, wenn Sie meinen. Öffnen Sie ihn eben nur ein Stück, dass man den Kopf sehen kann."

„Ich dachte eher an die Füße."

„Ach so, das überrascht mich jetzt etwas. Ist das denn so üblich?"

„Ja, bei Motorradfahrern, Reitern und Joggern schon, das soll symbolisieren, dass der Weg noch nicht zu Ende ist."

Siggi Senkelbach fuhr mit dem Gespann im Schritttempo in die Trauerhalle. Ein wahrhaft ergreifendes Schauspiel! Dass der Bestattungsgehilfe in der Eile vergessen hatte, sich ein anderes Paar Schuhe anzuziehen, nachdem er seine Stiefel Winni Mörter übereignet hatte, fiel kaum auf. Alle Blicke richteten sich auf die chromblitzende Harley und den Sargbeiwagen. Nur Pfarrer Wentzlawski fragte Günther Schmidter interessiert, warum sein Mitarbeiter denn seine Arbeit heute barfuß verrichte.

„Alter Motorradfahrerbrauch, dem toten Kameraden zur Ehre hängt man die Stiefel an den Nagel", antwortete der Bestatter geistesgegenwärtig.

„Aha, ich finde, das hat was zutiefst Christliches. Und auch den Aspekt der Bußfertigkeit bringt der Herr Siggi mit seinen bloßen Füßen sehr schön zum Ausdruck", sinnierte der sichtlich bewegte Kirchenmann.

Alle Trauergäste, darunter viele von Winni Mörters früheren Motorradkollegen, standen Spalier, als der Zombiesarg die letzten Meter bis zum Aufbahrungspodest getragen wurde. Manch einer der hartgesottenen Biker hatten Tränen in den Augen. Auch der Zombie auf dem Sargdeckel schien heute etwas weniger boshaft als sonst zu lächeln – vielleicht war er melancholisch gestimmt, weil er ahnte, dass es jetzt bald ab unter die Erde ging.

Siggi Senkelbach öffnete den Sargdeckel und schob ihn ein Stück nach oben, sodass nur die Motorradstiefel zu sehen waren. Die Trauergäste nahmen diese eigenartige Aufbahrungsform leicht irritiert zur Kenntnis. Da Winni Mörter jedoch zeit seines Lebens ein wenig schrullig gewesen war, konnte es gut sein, dass mit dem Vorzeigen der Stiefel irgendwie sein letzter Wille zum Ausdruck kam.

Nur Pfarrer Wentzlawski hatte, vertieft in seine Predigt und dem Sarg den Rücken zugewandt, nicht bemerkt, dass nicht wie abgesprochen der ganze Winni Mörter in voller Montur und mit Helm zu sehen war. Deshalb wirkte es einigermaßen komisch, dass sich seine ganze Ansprache hauptsächlich um das Helmmotiv rankte und viele gedankenschwere Helmmetaphern in seine Rede eingeflochten waren.

„Wenn wir uns jetzt Winni Mörters Helm anschauen, so können wir sagen, dass sein ganzes Leben sozusagen ein Helm war, mit dem er die ihm nahestehenden Menschen stets beschützen wollte. Und war Winni Mörter selbst nicht eigentlich auch ein Helm? Außen eine harte Schale, innen weich gepolstert und unten ein starker Riemen - also ich meine ein Kinnriemen eben, wie bei einem Helm“, Pfarrer Wentzlawski stockte, als er bemerkte, dass die Riemenmetapher unter den Bikern einige Heiterkeit erzeugte. Außerdem war ihm selbst nicht mehr klar, was er eigentlich hatte sagen wollen.

„Den Kinnriemen immer sicher geschlossen aber dann auch wieder behände geöffnet“, die priesterliche Metaphorik wurde jetzt leicht unübersichtlich, „wenn er den Helm abnehmen wollte zum Gebet“, improvisierte der Kirchenmann, der früher mal als Truppenseelsorger bei einer Bundeswehreinheit ausgeholfen hatte.

Dass der Verstorbene je eine Motorradtour wegen eines dringenden spirituellen Bedürfnisses unterbrochen hätte, war den anwesenden Trauergästen neu. Es war allgemein bekannt, dass Winni Mörter beim Motorradfahren nur stoppte, um zu Tanken oder sich eine Currywurst mit Pommes rot-weiß in den Hals zu stopfen. Außerdem erhielt die Trauerrede noch dadurch einen leicht absurden Touch, dass Pfarrer Wentzlawski während seiner verworrenen Helmpredigt immer wieder nach rückwärts zeigte, wo jedoch nur ein paar Stiefel aus dem Sarg rauslugten. Erst zum Ende seiner launigen Leichenrede bemerkte der Geistliche die ungewollte und reichlich abstruse rhetorische Verbindung von Helmmetapher und Stiefeln im Sarg. Mit den Worten:

„Und so rufe ich Dir zu, lieber Winni Mörter, schließe nun Dein Helmvisier für Deine letzte lange Reise", drehte er sich zum Sarg.

An der Stelle, wo er Winni Mörters behelmten Kopf zu sehen gehofft hatte, grinste ihn die gemeine Zombievisage vom Sargdeckel an. Geschockt musste sich Pfarrer Wentzlawski am Rednerpult festhalten. Gedankenfetzen von einem Exorzismusseminar, das er als junger Dekan einmal in Kevelaer besucht hatte, zuckten durch sein Bewusstsein. Es dauerte einige Sekunden, bis er wieder die Fassung erlangt hatte und die Trauerfeier beschließen konnte.

Während die Trauergäste an dem zu einem knappen Viertel geöffneten Sarg vorbei defilierten, um einen letzten Blick auf Winni Mörters Stiefel zu werfen, wurde die Lieblingsmusik des Verstorbenen von einer CD abgespielt: *These Boots are made for Walking*. In dieser Situation bewunderte Helga Schmidter ihren Mann dafür, mit welch feinem Gespür für gut inszenierte Abschiedszeremonien er das heutige Arrangement mal wieder hingekriegt hatte. Auch die Biker nickten anerkennend, ja das hatte was: nur dieses ehrliche Lied von Nancy Sinatra und ein Sarg mit ein paar Stiefeln – so wird ein echter Kerl beerdigt.

Heidelinde Mörter sagte Günther Schmidter am Tag nach der Beerdigung, dass sie trotz anfänglicher Skepsis die Stiefelvariante doch auch sehr stimmungsvoll gefunden habe.

Besonders anrührend fand sie auch das dezente Tortenaroma, das dem Sarg während der Trauerfeierlichkeiten entstiegen war. Ihr Vater habe nämlich zeit seines Lebens unter einem bedeutenden Schweißfußproblem gelitten. Aber dank des ansprechenden Kuchendufts werde sie nun das Schuhwerk ihres Vaters lebenslang in guter Erinnerung behalten. Und solche Erinnerungen seien doch von unschätzbarem Wert, denn nun könne sie endlich ihren Frieden mit den Füßen ihres Vaters schließen und dieses miefige Kapitel in ihrem Leben endgültig abschließen, das gebe ihr dann auch wieder neuen Lebensmut.

Interessanterweise konnte sie jedoch das Sargkuchenaroma, obwohl sie eine ausgezeichnete Köchin war, geruchsmäßig nicht der Schwarzwälderkirschtorte zuordnen. Wahrscheinlich verwirrt durch die emotionale Belastung der Trauerfeier hatte sie hinsichtlich des Geruchs auf das auch bei Kindern sehr beliebte Gebäck *Kalter Hund* getippt. Günther Schmidter hatte sie dann aber darüber aufgeklärt, dass er sich im Falle ihres Vaters für Schwarzwälderkirscharoma entschieden habe, die Geruchsnote Kalter Hund nehme er nur bei sehr preiswerten Bestattungsarrangements.

Zum Dank lud Heidelinde Mörter den Bestatter für den nächsten Tag zu einer selbst gemachten Schwarzwälderkirschtorte ein.

11

Am nächsten Morgen schlief Günther Schmidter eine Stunde länger als gewöhnlich. Die Ereignisse der letzten Tage hatten ihn doch sehr mitgenommen und er musste schleunigst wieder zu Kräften kommen, bevor das nächste Erlebnisbestattungsprojekt startete.

Nachdem er aufgestanden war, verwöhnte ihn seine Frau mit einem üppigen Frühstück. Auch die Tageszeitung trug an diesem Morgen zunächst zur Verbesserung seines seelischen Gleichgewichts bei. Im Regionalteil war ein sehr schöner Artikel über Winni Mörters Trauerfeier, die wegen des Harleygespanns für einiges Aufsehen sorgte. Die Berichterstattung war wirklich sehr positiv und wurde durch zwei werbewirksame Fotos ergänzt. Auf dem einen sah man das Motorradgespann, wie es gerade vom barfüßigen Siggi Senkelbach in die Trauerhalle chauffiert wurde. Das andere zeigte Winni Mörters Stiefel im Sarg.

Der die Fotos kommentierende Text war nach Günther Schmidters Geschmack allerdings etwas gewagt. Unter dem Foto mit dem Gespann war zu lesen: *Der Sarg war so gruftimäßig gestaltet, dass es selbst einem Bestatter die Schuhe auszog.* Die Erläuterung zu dem Bild mit den Stiefeln lautete: *Ausgestattet mit gutem Schuhwerk machte sich Winni Mörter entschlossen auf den letzten Weg.* Egal wie irreführend diese Kommentare auch waren, auf jeden Fall war die Werbung durch diesen Zeitungsartikel ein klarer Punktsieg gegen McGrave!

Eine Meldung im überregionalen Zeitungsteil erinnerte Günther Schmidter daran, dass er unbedingt noch eine Geburtstagstorte für seine Frau kaufen musste. Die

Zeitung berichtete nämlich, dass es den baden-württembergischen Sicherheitskräften in letzter Minute gelungen war, einen Anschlag auf das Freiburger Münster zu verhindern. Dank der Mithilfe eines aufmerksamen Bürgers konnte die drohende Gefahr durch einen als Schwarzwälderkirschtorte getarnten Sprengsatz in letzter Minute abgewendet und das badische Wahrzeichen vor seiner sicheren Zerstörung bewahrt werden. Der mutmaßliche Attentäter sei noch flüchtig. Ersten Ermittlungen zufolge sei er entweder Al-Qaida oder einer noch unbekannten schwäbischen Separatistenorganisation zuzurechnen. Wie aus Polizeikreisen verlautete, wurde zur Stunde geprüft, ob auch im Zusammenhang mit dem Anschlag auf das World-Trade-Center von den amerikanischen Behörden Tortenreste sichergestellt werden konnten.

Günther Schmidter schüttelte den Kopf. Dass so ein harmloses Gebäck in der Lage war, soviel Unheil anzurichten. Erst die Sauerei im Sarg und dann auch noch die Sache in Freiburg, von New York gar nicht erst zu reden, unfassbar!

Als er die Zeitung weiter durchblätterte, stutzte er bei einem Foto im Teil Vermischtes. Es zeigte das Konterfei eines in die Kamera lachenden Schützenbruders, darunter die Bildunterschrift: *Der vermisste Josef Zillermann kurz nach dem erfolgreichen Vogelschießen.* Günther Schmidter hatte das dumme Gefühl, dass er genau diesen Josef Zillermann gestern bestattet hatte.

Im Artikel über den abhandengekommenen Schützenkönig wurde auch auf den alten Brauch des *Eifeler Brunnenwurfes* eingegangen:

… und nachdem es den Eifeler Schützenbrüdern gelungen war, mehrere scheintote Kameraden mit dem traditionellen Brunnenwurf wieder zum Leben zu erwecken, wunderten sich die

Schützen nicht schlecht, dass sich ihr Kamerad Josef Zillermann nicht unter den Wiederauferstandenen befand. Auch ein wiederholtes Absuchen des gesamten Brunnenbeckens ergab keinen Aufschluss über den Verbleib des Gesuchten. Die Polizei geht davon aus, dass es sich um einen Rachemord durch einen beim Vogelschießen unterlegenen Schützenbruder handeln könnte.

Wie der Zeitungsmeldung weiter zu entnehmen war, bedeutete das Verschwinden des Schützenkönigs neben der menschlichen Tragik für die Eifelschützen auch ein großes finanzielles Problem, da durch das Abhandenkommen des Monarchen nun niemand für die traditionell vom König zu stiftenden Fässer Freibier aufkam. Die Eifelschützen hatten deshalb eine Spendenaktion gestartet. In Anlehnung an eine bekannte Spendenkampagne mit ähnlicher Zielrichtung gaben sie ihrer Aktion den aufrüttelnden Namen *Bier für die Eifel.* Unter dem Zeitungsartikel war ein Spendenkonto abgedruckt, außerdem wurde darauf hingewiesen, dass entsprechende Zahlscheine an allen Banken und Sparkassen auslagen.

So weit so gut, oder besser: so unangenehm, dachte Günther Schmidter. Aber wie war Siggi Senkelbach in diese Geschichte hinein geraten? Und war am Ende der in den Brunnen beförderte Motorradfahrer Winni Mörter? Hielten die Eifeler Schützen den toten Biker gar für den Königsmörder? Der Brunnenwurf von Winni Mörter also ein Fall von Lynchjustiz – in ihrer ohnmächtigen Wut und Hysterie hatten die Schützen wahrscheinlich überhaupt nicht bemerkt, dass Winni Mörter bereits tot war, also eigentlich ein wasserdichtes Alibi hatte und ergo als Mörder nicht in Frage kommen konnte. Aber was hatte Winni Mörter überhaupt auf dem Schützenfest zu suchen?

Günther Schmidter wurde leicht schwindelig. Rasch trank er noch eine Tasse des starken Frühstückskaffees. Nein, er durfte sich jetzt nicht selbst kirre machen. Winni Mörter hatte eine schöne Schwarzwaldtour gehabt, wurde dann stimmungsvoll bestattet, seine Tochter hatte ein gutes Verhältnis zu seinen Schweißfüßen aufbauen können und damit basta! Er beschloss, die Sache auf sich beruhen zu lassen, da jetzt sowieso nichts mehr zu ändern war. Und weitere Nachforschungen bei seinem dusseligen Mitarbeiter Siggi Senkelbach anzustellen war sowieso sinnlos.

Gegen Mittag meldete sich Frau Kleinheisterkamp und schlug einen Termin für die Sauerlandfahrt vor. Man einigte sich darauf, dass die Tour in vier Tagen beginnen sollte. Frau Kleinheisterkamp hatte den zeitlichen Rahmen mit ihren Kindern bereits abgesprochen. Außerdem hatte sie eifrig den Wetterbericht verfolgt und konnte gut gelaunt berichten, dass eine längere Schönwetterperiode bevorstand, ideale Bedingungen also für eine gelungene Fahrradtour.

„Ich habe auch schon eine Transportmöglichkeit für Ihren Gatten gefunden“, konnte auch Günther Schmidter eine gute Nachricht zu dem anstehenden Projekt beisteuern.

„Ja dann sagen Sie mal Herr Schmidter, ich bin schon ganz gespannt“, wollte die wie immer positiv gestimmte Frau Kleinheisterkamp wissen.

„Einen original italienischen Speiseeisanhänger.“

„Oh Herr Schmidter, das ist ja ganz wunderbar! Kurt war nämlich sein ganzes Leben lang ein großer Eisesser. Also dass Sie das möglich gemacht haben, vergesse ich Ihnen nie. Einen Moment bitte, meine

Freundin Karola ist gerade da, ich muss ihr mal eben die gute Nachricht sagen."

Günther Schmidter hörte, wie Frau Kleinheisterkamp ihrer Freundin zurief:

„Nun stell Dir mal vor, wie wir Kurt durchs Sauerland kutschieren: in einem Eiswagen, ist das nicht toll?"

Die Freundin erwiderte etwas, das Günther Schmidter nicht verstehen konnte. Dann hörte er wieder die euphorische Stimme von Frau Kleinheisterkamp:

„Ja, vielleicht sogar Stracciatella und Pistazie. Und auf dem Campingplatz machen wir uns dann einen leckeren Amarenabecher oder einen Bananensplit mit einer extra Portion Sahne. Da sag ich doch mal: Diät hin oder her, bei so einer Gelegenheit muss man das Kalorienzählen einfach mal unterbrechen, das haben wir früher im Urlaub auch immer so gemacht. Du, und außerdem hab ich durch den ganzen Stress mit dem Kurt sowieso schon anderthalb Kilo verloren, da ist jetzt aber auch mal wieder Genuss angesagt."

Frau Kleinheisterkamp hätte sicher noch eine ganze Weile mit der offenbar auch sehr an Eis-spezialitäten interessierten Karola geplaudert, wenn der Bestatter sie nicht unterbrochen hätte.

„Hören Sie Frau Kleinheisterkamp, wir können leider kein Speiseeis mitnehmen, da ihr Gatte den gesamten Platz beansprucht."

„Ach der Gute! Wie früher in unserem Ehebett, da hat er sich auch immer so breitgemacht."

Günther Schmidter hörte, wie Freundin Karola aus dem Hintergrund Frau Kleinheisterkamp einen Tipp für das Eistransportproblem zurief.

„Nein Karola, das geht nicht. Wir können Kurt doch nicht hier lassen und statt dessen den Anhänger mit Eis beladen. Nein, das fänd ich ihm gegenüber unfair und außerdem muss ich doch auch schon ein bisschen an meine Linie denken."

„So Herr Schmidter, da bin ich wieder. Also ich meine, Hauptsache das Wetter spielt mit, alles andere wird sich schon finden. Wir treffen uns dann wie verabredet in vier Tagen so gegen Mittag in Winterberg."

Den Rest des Tages verbrachte Günther Schmidter damit, sein Fahrrad zu überholen und eine passende Anhängerkupplung zu montieren.

Am Spätnachmittag kam Manni Kempelmanns vorbei, um ihm zu der sehr stimmungsvollen Trauerfeier für Winni Mörter zu gratulieren. Außerdem bestellte er zehn Sargmodelle *Letzter langer Marsch*, um diese als Zombiesärge umzugestalten. Winni Mörters Grabmöbel hatte nämlich in Bikerkreisen eine derart große Begeisterung ausgelöst, dass schon mehrere entsprechende Aufträge bei ihm eingegangen waren.

Nachdem sich Winni Mörter wieder auf den Heimweg gemacht hatte, fiel Günther Schmidter schlagartig ein, dass seine Frau ja morgen Geburtstag hatte und dass er unbedingt noch heute eine Schwarzwälderkirschtorte besorgen musste, da er seine Gattin schon zum Frühstück damit überraschen wollte. Sofort rief er bei mehreren Konditoreien an, aber eine ganze Torte ließ sich so kurzfristig nirgendwo mehr auftreiben.

In seiner Not wählte er Heidelinde Mörters Telefonnummer, da er sich von ihr in kniffeligen Lebensmittelfragen am ehesten kompetente Unterstützung versprach.

„Ja Herr Schmidter da wüsste ich auch nicht, wo Sie heute noch eine Schwarzwälderkirschtorte bekommen könnten. Vielleicht noch im Supermarkt eine tiefgekühlte, aber da kann ich Ihnen nur von abraten, die schmecken grausam. Ja was machen wir denn da?" überlegte die in Nahrungsmittelangelegenheiten stets sehr engagierte Heidelinde Mörter.

„Ach wissen Sie was, ich back Ihnen rasch eine. Kommen Sie so gegen acht bei mir vorbei, dann ist sie fertig."

„Nein Frau Mörter, das kann ich doch unmöglich annehmen."

„Doch Herr Schmidter, das können und müssen Sie sogar annehmen. Sie haben die Trauerfeier gestern so wunderbar gestaltet und besonders das mit den Stiefeln war so stimmungsvoll, dass ich Ihnen sehr gerne auch einen Gefallen tun würde. Außerdem tut es mir sicher auch gut, wenn meine Wohnung nach Schwarzwälderkirsch riecht, das erinnert mich dann an den guten Geruch bei der Trauerfeier, das hat so was Feierliches."

Um viertelnachacht schellte Günther Schmidter bei Heidelinde Mörter. Als sich die Tür öffnete, kam ihm schon ein köstlicher Tortengeruch entgegen. Ein zweites etwas intensiveres Hinriechen förderte jedoch zutage, dass sich der Schweißfußgeruch des verblichenen Winni Mörter in der Wohnung noch als hartnäckiges Hintergrundmüffeln hielt.

Das Aroma der Schwarzwälderkirsch ließ vor Günther Schmidters innerem Auge automatisch das Bild des verstorbenen Eifelschützen erscheinen. Würde er je wieder unbefangen diese Kuchenspezialität genießen können, ohne direkt an einen mit Sahne und Kirschen garnierten Monarchen denken zu müssen? Jedenfalls war es keine angenehme Vorstellung, sich in Zukunft bei jedem Bissen Schwarzwälderkirsch von einem leblosen Eifelbewohner beobachtet zu fühlen oder evtl. auch die Zwangsvorstellung zu entwickeln, mit der Kuchengabel auf die unter einer Sahneschicht verborgene Nase des wackeren Schützen zu treffen. Günther Schmidter bekam nun eine Ahnung davon, wie sich Essstörungen entwickeln können.

„Kommen Sie herein. Nehmen Sie doch bitte Platz, ich bin gleich fertig. Darf ich ihnen was zu trinken anbieten? Vielleicht ein Gläschen Jägermeister?"

Der Name *Jägermeister* hatte für Günther Schmidter auch wieder so was Schützenmäßiges, wahrscheinlich musste er auch auf dieses Getränk in Zukunft verzichten – gab es eigentlich auch so was wie eine *Trinkstörung*? Vielleicht sollte er mal mit einem Psychologen dieses Problem besprechen, evtl. existierte ja schon eine spezielle Therapie für Menschen, denen bei einem Schwarzwälderkirsch-Jägermeister-Menü kotzübel wird.

„Oh, ich wollte Sie eigentlich nicht länger aufhalten Frau Mörter."

„Aber nein, ich bin doch froh, wenn ich eine so angenehme Gesellschaft habe."

„Na gut, dann gerne, vielleicht haben Sie ein Bier?"

Heidelinde Mörter ging in die Küche und kam kurz darauf mit einem Serviertablett wieder. Ihrem Gast stellte sie ein Bier hin, sie selbst trank Orangenlikör.

Frau Mörter erzählte Günther Schmidter viel von der sehr engen Beziehung, die sie zu ihrem Vater gehabt hatte. Um ihr gutes Verhältnis zu illustrieren, flocht sie in ihren Bericht immer wieder sehr ausführliche Schilderungen von Gerichten ein, die sie für den Verblichenen zubereitet hatte. Anscheinend sah Heidelinde Mörter ihre wahre Bestimmung im Kochen kalorienreicher Speisen. Jedoch fand sie nur dann eine rechte Erfüllung in ihrer Mission, wenn sie jemand hatte, an den sie ihre kulinarischen Kreationen verfüttern konnte.

Und das war nun ihr großes Problem, das geliebte Objekt ihrer Mastorgien war verstorben. Und obwohl sie bereits weit über 40 Lenze zählte, hatte sie bisher nie so recht den Kontakt zum anderen Geschlecht herstellen können. Oder hatte sie etwaige Freunde und Liebhaber binnen kürzester Zeit in den Cholesterintod getrieben?

Heidelinde Mörter tat Günther Schmidter leid. Außerdem erinnerte er sich an das wohlige Gefühl der Geborgenheit, als er damals auf dem Hof des Motorradschraubers auf Heidelindes Rundungen gelandet war. Wie von selbst lag seine Hand plötzlich auf ihrem Knie und er sagte:

„Wir sollten uns duzen, ich bin der Günther."

Heidelinde Mörter strahlte:

„Und ich bin die Heidelinde."

Die beiden tranken Brüderschaft, gaben sich ein Küsschen und Heidelinde Mörter holte zur Feier des Tages einige Häppchen aus der Küche. D.h., eigentlich hätte das, was Heidelinde Mörter so harmlos *Häppchen* nannte, ausgereicht, um eine ganze Trauergesellschaft beim Beerdigungskaffee opulent zu beköstigen.

Nach vier bis fünf Lachs-, Käse- und Mortadellaschnittchen, einigen Gewürzgurken und zwei Matjesfilets war Günther Schmidter mehr als gesättigt. Nun ging Heidelinde Mörter dazu über ihn zu füttern. Da ihm die massig gebaute Heidelinde körperlich klar überlegen war, gelang es ihm zunächst nicht, sich dagegen erfolgreich zur Wehr zu setzen. In seiner Not gab er ihr mit randvoll gefülltem Mund einen Kuss. Besser gesagt nur ein Küsschen, denn ein richtiger Kuss hätte dazu geführt, dass sich der gesamte Nahrungsbrei aus seinen Backen auf ihrem Gesicht ergossen hätte.

„Oh Günther, das ist ja ganz wunderbar“, rief sie entzückt.

„Mumpf“, war der sparsame Kommentar des Bestatters.

Jede eloquentere Äußerung hätte den Häppchenbrei unweigerlich seine Mundhöhle verlassen lassen.

Gerade setzte Heidelinde Mörter dazu an, ihm noch eine Weinbrandbohne in den ohnehin schon berstend vollen Mund zu stecken, da gab er ihr schnell noch ein Küsschen, begleitet von einem zweiten erschöpft hingehauchten *Mumpf*. Diese Mischung aus Kaugeräusch und dem hilflosen Versuch einer sprachlichen Äußerung wirkte auf Heidelinde Mörter derart erotisierend, dass sie ihren Gast entschlossen und zu allem bereit an ihre üppige Brust zog.

Der Ausbruch ihrer Leidenschaft war dermaßen heftig, dass Günther Schmidters Kopf unvermittelt genau zwischen ihren stattlichen Brüsten landete. Die Busen drückten mit all ihrer innewohnenden weiblichen Kraft schraubstockartig auf seine prall gefüllten Wangen, sodass sein Mund zwangsweise zum Überdruckventil wurde, sich öffnete und ca. 800 Gramm feinste Häppchenbreimasse freigab, die sich augenblicklich in Heidelinde Mörters Dekolleté ergoss.

Statt über diese unvermittelte Wendung im erotischen Geschehen schockiert zu sein, flüsterte die nun vollkommen enthemmte Frau ihrem entkräfteten Gespielen ins Ohr:

„Oh Du mein kleiner geiler Kotzer.“

Da Günther Schmidter in sexuellen Dingen eine eher konservative Einstellung zu eigen war, behagten ihm einige Details im Ablauf des Tête-à-tête ganz und gar nicht. Vor allem konnte er es nicht haben, wenn sein weibliches Gegenüber die Führung übernahm. Und ob er die Variante mit dem Häppchenbrei in sein erotisches Standardrepertoire aufnehmen wollte, darüber musste er erst nochmal in Ruhe nachdenken.

Zunächst galt es aber dafür zu sorgen, dass er nicht vollends vom Strudel der Ereignisse in die Tiefe gerissen wurde. Denn statt sich zurückzuziehen, um sich ein wenig frisch zu machen und zumindest die gröbsten Häppchenrückstände zu entfernen, griff Heidelinde Mörter nun erneut wahllos nach den Nahrungsmittelvorräten und war drauf und dran, Günther Schmidter eine Handvoll Matjes mit Weinbrandbohnen in seinen nach Luft ringenden Mund zu stopfen.

Dieser Attacke konnte sich der bedrängte Liebhaber nur durch die Flucht ins Badezimmer entziehen. In aller Eile reinigte er sein Gesicht und wischte sich den undefinierbar riechende Rest von Hemd und Jackett. Als er das Bad verließ, saß Heidelinde Mörter immer noch ganz im Bann der hemmungslosen Leidenschaft mit tranceartig vernebeltem Blick auf dem Sofa.

„Komm her“, befahl sie mit einer Strenge, die keinerlei Widerspruch duldete.

Drohend, einer peitscheschwingenden Domina gleich, ließ sie ein Matjesfilet durch die Luft schnellen. Mit der anderen Hand zermalmte sie zwei Monchéri-Kirschen, der rote Saft tropfte auf ihre entblößten Oberschenkel.

Panik machte sich in Günther Schmidter breit. Zum ersten Mal in seinem Leben hatte er das Gefühl, einer Frau hoffnungslos unterlegen zu sein. Rasch ging er in die Küche, nahm die Schwarzwälderkirschtorte, verabschiedete sich von Heidelinde Mörter, ohne ihr und dem gefährlich durch die Luft zischenden Matjesfilet zu nahe zu kommen und machte sich auf den Heimweg.

„Wie siehst Du denn aus?“ rief Helga Schmidter konsterniert aus, als ihr Mann in noch reichlich bekleckertem und belämmertem Zustand die Wohnung betrat.

„Ach ich war noch bei einem Trauerfall und unterwegs hab ich noch eine Kleinigkeit gegessen.“

„Seit wann isst Du denn wie ein Schwein? Schau Dich doch bitte mal im Spiegel an.“

Helga Schmidter hatte recht, seine optische Beschaffenheit erinnerte mehr an einen Penner als an einen seriösen Geschäftsmann.

„Ich war noch schnell in einem Chinaimbiss und da hab ich mal versucht mit Stäbchen zu essen. Das ist anscheinend ziemlich daneben gegangen“, versuchte er sich rauszureden.

„Apropos Imbiss, da hat eben nochmal dieser Pizzaheini aus Duisburg angerufen.“

Instinktiv spürte der Bestatter sofort, dass sich Unannehmlichkeiten anbahnten.

„Was wollte der denn?“ fragte er mit gespielter Arglosigkeit.

„Hör mal, wenn Du mich fragst, ist der nicht ganz dicht im Kopf. Sagt, wir sollten den Eiswagen in den nächsten Tagen besser nicht nach draußen fahren. Er habe das Gefühl, jemand habe ihn auf der Fahrt zu uns beobachtet.“

Günther Schmidter geriet in Panik. Wenn er eins jetzt und eigentlich auch in Zukunft nicht brauchen konnte, waren das Probleme mit der Mafia. Als Kunden, naja schön, da sollten ihm diese süditalienischen Herren recht sein, die sorgten sicher für jede Menge Aufträge. Aber Ärger mit diesen hitzköpfigen Menschen bedeutete für sein gemäßigtes niederrheinisches Temperament eine glatte Überforderung.

„Vielleicht wollten sich die, die ihn beobachtet haben, einfach davon überzeugen, dass Herr Mantonelli den Eisverkauf endgültig aufgegeben hat", versuchte er seine Frau von der wahren Vorgeschichte des Eiswagens abzulenken.

„Ich kann mir gar nicht vorstellen, dass Eis so grottenschlecht sein kann, dass ehemalige Kunden derart nachtragend sind. Oder …"

„Was oder?"

„Oder hat es Tote gegeben?"

„Aber hör mal, wie kommst Du denn da drauf? Ich glaub Du siehst zu viele Gangsterfilme."

Günther Schmidter wurde ganz flau im Magen, er musste seine Frau um jeden Preis von dieser Fährte wegbringen. Ein dezenter Würgereiz machte sich in seinem Hals breit, durch den Rachen stieg ein Matjesweinbrandbohnengeschmack hoch.

„Ach quatsch Gangster", Helga Schmidter schüttelte verständnislos den Kopf, „Du hast doch selbst von Gammeleis gesprochen und da könnte es doch sein, dass da Salmonellen drin waren und dass es da jemanden so erwischt hat, dass er an Mantonellis Eis hops gegangen ist."

„Ja klar, genau, so könnte es sein."

Günther Schmidter war heilfroh über diese Wendung. Mit dieser Erklärung würde seine Frau leben können. Er beschloss, ihr gegenüber auf jeden Fall bei der Salmonellenversion zu bleiben, komme was da wolle.

12

Nachdem Günther Schmidter den Frühstückstisch festlich gedeckt hatte, weckte er seine Frau mit einem *Happy Birthday to You.* Wie immer an ihrem Geburtstag begrüßte er sie anschließend mit dem Satz:

„Herzlichen Glückwunsch meine Liebe, Du siehst immer noch genauso aus wie vor 30 Jahren, als wir uns kennengelernt haben. Du wirst einfach nicht älter."

Dieser Satz war jahrelang erprobt und kam bei Helga Schmidter immer wieder gut an.

„31", erwiderte sie.

„Wie 31?"

„Letztes Jahr waren es 30 Jahre, jetzt sind es 31 Jahre, dass wir zusammen sind. Du musst einfach an jedem Geburtstag ein Jahr dazu tun."

„Ach ich Dummerchen, hab ich mich mal wieder von Dir täuschen lassen, weil Du einfach nicht älter wirst."

Dieser Dialog war jedes Mal fester Bestandteil des Geburtstagsrituals und die beiden sprachen ihn so spontan und natürlich, dass der eine von dem anderen dachte, er habe die abermalige Wiederholung nicht bemerkt.

Günther Schmidter goss dem Geburtstagskind eine Tasse Kaffee ein, dann holte er die Schwarzwälderkirschtorte.

„Oh Du bist ein Schatz, meine Lieblingstorte und wie gut die aussieht!"

„Kommt direkt aus dem Schwarzwald", flunkerte Günther Schmidter.

„Aha, die hat wahrscheinlich der Siggi mitgebracht."

„Ja genau, ich hoffe die Überraschung ist gelungen.“

„Ja und ob! Aber wie hat er die Torte denn transportiert, doch wohl hoffentlich nicht im Beiwagen?“ fragte Helga Schmidter misstrauisch.

„Nein, natürlich nicht im Beiwagen“, lachte er, „da lag doch der Schützenkönig, also ich meine natürlich Winni Mörter. So, jetzt schneide ich die Torte mal an.“

Er legte jedem ein Stück auf den Teller, gespannt probierten sie die Geburtstagstorte.

„Puh, die ist ja ganz schön mächtig und schmeckt irgendwie nach Buttercreme. Also ich glaube eigentlich ist in einer Schwarzwälder ja keine Buttercreme“, kommentierter Helga Schmidter das kalorienreiche Geschenk.

„Ja das ist eben die wirklich original Schwarzwälder, die muss ein leichtes Buttercremearoma haben“, spielte ihr Mann den Kuchenexperten.

In Wahrheit fand er auch, dass die Torte geschmacksmäßig daneben war. Ihm wurde wieder kotzübel. Sein Magen hatte sich von der Fütterungsorgie bei Heidelinde Mörter noch nicht erholt und Heidelindes Schwarzwälder war der reinste Fetthammer. Außerdem konnte er sich nur schwer der Zwangsvorstellung erwehren, dass ihn nach jedem Bissen, den er von seinem Tortenstück ablöffelte, plötzlich vom Tellerboden ein Schützenkönig mit starrem Blick fixieren könnte und ihm wortlos bedeutete, dass er sich in seiner To(r)tenruhe gestört fühlte.

Günther Schmidter wurde kurzfristig von dem Kampf mit der Torte erlöst, als es an der Haustür schellte. Erleichtert stand er auf, um zu öffnen. Vor der Tür stand Siggi Senkelbach, der der Chefin auch zum Geburtstag gratulieren wollte.

„Isch wollte Sie nisch weiter beim Frühstück stören, isch wollte Ihnen nur eben jratulieren."

Siggi Senkelbach schüttelte Helga Schmidter die Hand und überreichte eine Topfblume als Geschenk.

„Nein, Du störst doch nicht. Komm, setz Dich zu uns und iss ein Stück mit – wo Du die Torte schon so weit transportiert hast", lud ihn Günther Schmidter ein.

„Sehen Sie Chef, hab isch doch jesagt, dat man die wieder zusammenbasteln kann."

„Was meinst Du mit *zusammenbasteln*?" wollte das Geburtstagskind wissen.

„Ach nichts weiter", schaltete sich ihr Mann ein und warf Siggi Senkelbach einen strengen Blick zu, „da waren oben drauf nur ein paar Kirschen verrutscht."

Als der Bestatter nach dem Frühstück in seinem Büro saß, um einigen Schriftkram zu erledigen, sah er wie zwei Herren die Räume der Erlebnisbestattungen Abendfrieden betraten und sich die ausgestellten Särge anschauten. Die beiden trugen elegante schwarze Anzüge und hatten Sonnenbrillen aufgesetzt, die sie auch innen nicht abnahmen. Offenbar litten sie noch sehr unter dem Verlust eines nahen Angehörigen und wollten mit den Brillen ihre verweinten Augen verbergen. Ein Verhalten, das Günther Schmidter wohl bekannt war und für das er natürlich vollstes Verständnis hatte.

Die beiden blieben am Sommermodell El Arenal stehen und sahen es sich von allen Seiten an. Günther Schmidter kam gemessenen Schrittes auf sie zu und grüßte sie mit teilnahmsvoller Miene.

„Guten Tag. Wie ich sehe, suchen Sie etwas ganz Besonderes für einen Ihnen sehr lieben Menschen."

Einer der Herren deutete auf das zum Sommersarg zugehörige Badetuch, zufälligerweise das mit dem Motiv Eisbecher, und fragte:

„Wieso haben Sarg mit Gelato?"

„Ah die Herren kommen aus Italien, wie ich höre. Nun da ist dieses Modell natürlich genau das Richtige. Sehen Sie, das ist unser Modell El Arenal für den Sommertyp. Also eigentlich genau passend für einen italienischen Trauerfall."

„Si, si, iste große Trauerfall italiano, unsere Cousin Sergio. Du kennen Sergio?"

„Oh bedauere, leider ist mir der Herr Sergio nicht bekannt. Aber ich möchte Ihnen meine aufrichtige Anteilnahme ausdrücken. Wann ist Herr Sergio denn verstorben?"

„Woche vor letzter Woche", antwortet einer der Herren mit sehr ernster Stimme.

„Oh schon vor zwei Wochen. Da müssen wir uns aber sputen. Ist Herr Sergio denn immer noch bei sich zu Hause?"

„No, nix zu Hause."

„Oder vielleicht in einem Krankenhaus, also dort in einem Kühlraum?"

„No, nix Krankenhause. Macken fünfmal peng auf Straße, dann seine Frau sehen noch, wie Fahrrad mit Gelatoanhänger vorbei fährt und Sergio iste weg."

Na da haben wir den Salat, schoss es Günther Schmidter durch den Kopf, *ich allein gegen die Mafia, das steh ich nicht durch.*

„Ja ich fürchte, da kann ich Ihnen auch nicht weiter helfen. Denn für eine ordnungsgemäße deutsche Bestattung würde ich doch zumindest den Leichnam benötigen. Möglicherweise ist das in Italien anders geregelt, aber Sie wissen ja, wir Deutschen sind eben ein kleines bisschen bürokratisch“, der Bestatter schlug einen heiter-vertraulichen Ton an.

„Ohne Leiche keine Bestattung. Wissen Sie, ich finde das ja auch etwas kleinlich. Sie können mir glauben, wenn es nach mir ginge, könnten wir auch gerne viel öfter ohne Leichnam bestatten, aber …“

„Du reden Unsinn“, unterbrach ihn barsch einer der beiden Italiener.

„Du wissen genau wo iste Sergio und wer ihn …“, er machte nun eine sehr eindeutige Geste, die Günther Schmidter erschauern ließ.

„Aber hören Sie, woher soll ich denn …“

„Wir wissen, Du biste neuer Gelatomann von die Familie Mantonelli, von diese blöde Scheißenfamilie.“

„Ma, Ma, Ma …“, stotterte Günther Schmidter.

„Du haste jetzt Gelatowagen, Du weißte ganz genau Bescheid. Also jetzt Du rückst mit Spracke raus, sonst Metodo Napolitano.“

Die beiden sonnenbebrillten Herren demonstrierten nun simultan, was sie mit Günther Schmidters Hals anzustellen gedachten, wenn er nicht kooperationswillig war. Mit diesem italienischen Hang zu unschönen Gesten konnte sich der Bestatter einfach nicht anfreunden, das hatte so was Direktes, da fehlte ihm die niederrheinische Geschmeidigkeit.

Gleichzeitig fiel ihm Herr Kleinheisterkamp ein, der trotz seiner beträchtlichen Bewegungsfreiheit im Halsbereich keinen sehr zufriedenen Eindruck machte. Aber möglicherweise konnte er den beiden Mafiosi diesen eifelländischen BMW-Pinkler als den gesuchten Sergio andrehen und sich so elegant aus der Affäre ziehen.

„Ach ja meine Herren, jetzt erinnere ich mich wieder, der Eiswagen! Ja der Eiswagen, den hat mir Herr

Mantonelli nur zur Aufbewahrung in meiner Kühlkammer vorbei gebracht. Kommen Sie, wir gehen mal rüber, den kann ich Ihnen zeigen. Also wenn ich gewusst hätte, dass das soviel Probleme gibt mit dem Eiswagen …“, spielte er den Naiven.

„Ich glaube, ich muss Ihnen da voll zustimmen, die Mantonellis sind wirklich eine blöde Scheißenfamilie.“

Er ging mit den beiden Italienern über den Innenhof zum Kühlraum. Die Herren inspizierten den Eisanhänger.

„Ich weiß auch nicht, was da drin ist“, gab sich Günther Schmidter weiterhin betont ahnungslos.

„Könntest Du mal bitte kurz kommen“, rief Helga Schmidter vom Hof aus ihren Mann.

„Meine Herren schauen Sie sich ruhig ein bisschen hier um, ich bin gleich wieder da.“

Er verließ den Kühlraum, um zu seiner Frau zu eilen. Er musste unbedingt vermeiden, dass sie von Sergio, den Italienern und *fünfmal peng* Wind bekam.

„Was gibt’s mein Schatz?“

„Was wollen die beiden denn in unserem Kühlraum, da führen wir doch nie Kunden rein?“

„Weißt Du, die Herren sind vom Gesundheitsamt, die wollen sich den Eisanhänger nochmal ansehen wegen der Salmonellen.“

„Aber da liegt doch jetzt Herr Kleinheisterkamp drin.“

„Ja klar, aber, aber …“, stotterte Günther Schmidter.

Die Sache wuchs ihm langsam wirklich über den Kopf.

„Also es gibt da wohl eine Bestimmung, dass Eistransportbehälter auf jeden Fall salmonellenfrei zu sein haben, egal um was für ein Transportgut es sich handelt."

„Egal was für ein Transportgut?" fragte Helga Schmidter ungläubig.

„Ja mein Schatz, so ist das. Die Herren tun nur ihre Pflicht. Ich glaube, da scheint es mal wieder eine neue Verordnung zu geben von wegen salmonellenfreie Leichentransporte. Hat wahrscheinlich mit den dauernden Gammelfleischskandalen zu tun.

Du kennst das ja, jahrelang kriegen diese Bürokraten nicht mit, dass da tonnenweise ranzige Koteletts über den Ladentisch gehen und dann kriegt die Öffentlichkeit Wind davon und die Bürokratie reagiert über. Dass unser Herr Kleinheisterkamp gar nicht zum Verzehr bestimmt ist und ein seriöses Bestattungsunternehmen wie das unsere natürlich peinlichst darauf achtet, dass kein Leichnam unkontrolliert in den Lebensmittelhandel gelangt, ist denen doch schnurz egal. Und wir müssen dann schauen, wie wir das geregelt kriegen."

„Wieso tragen die Leute vom Gesundheitsamt eigentlich Sonnenbrillen, wo in unserem Kühlraum sowieso eine so funzelige Beleuchtung ist, dass man da kaum was sieht?"

„Das sind Schutzbrillen."

„Schutzbrillen?"

„Ja, sozusagen Salmonellenschutzbrillen. Die Herren sind von Berufswegen eben sehr vorsichtig und tragen bei der Arbeit immer Schutzbrillen."

Während Günther Schmidter seine Frau noch von der Harmlosigkeit der beiden Herren zu überzeugen versuchte, betrat Heidelinde Mörter den Hof der Erlebnisbestattungen Abendfrieden. Die hatte ihm jetzt gerade noch gefehlt!

„Ich wollte nur mal nachfragen, wie die Schwarzwälderkirschtorte geschmeckt hat."

„Weißt Du Helga, ich habe Frau Mörter gesagt, dass Siggi für Dich eine Torte direkt aus dem Schwarzwald mitgebracht hat."

Der Bestatter nahm Heidelinde Mörter beiseite und gab ihr zu verstehen, dass er momentan wirklich keine Zeit für sie habe. Aber so schnell ließ sich eine Heidelinde Mörter nicht abschieben. Erst nach einigem hin und her und dem festen Versprechen, dass er heute Abend auf ein paar Häppchen bei ihr vorbeikommen werde, trat sie wieder den Heimweg an.

Inzwischen war eine gute halbe Stunde vergangen und Günther Schmidter machte sich eilig zurück auf den Weg zum Kühlraum. Zu seiner Überraschung war dieser verschlossen.

„Hab isch zujemacht, bevor die Temperatur weiter ansteigt. Un dat Thermostat hab isch sischerheitshalber mal auf janz tief jestellt", rief ihm Siggi Senkelbach zu, der gerade mit einigen Aufräumarbeiten beschäftigt war.

Der Kühlraum ließ sich von innen nicht öffnen. Die beiden Italiener mussten sich also noch darin befinden und würden Siggi Senkelbachs pflichtbewusstes Handeln höchstwahrscheinlich als unfreundlichen Akt bewerten. Mafiosi waren in diesen Dingen sicher ein wenig eigen. Wenn er jetzt öffnete, gings ihm an den Kragen, mit diesen Herren war nicht zu spaßen.

Der Bestatter entschied sich, die Mafiosi erstmal im Kühlraum zu belassen und in Ruhe nachzudenken, wie er aus dieser Sache wieder heil herauskommen könnte. Vielleicht würde auch der Aufenthalt in der Kühlkammer ihr hitziges italienisches Temperament etwas abkühlen, sie bekämen wieder einen klaren Kopf und sähen die Sache mit Sergio nicht mehr so eng.

Günther Schmidter ging in sein Büro, um sich dort einen Weinbrand einzuschenken und wieder etwas zur Ruhe zu kommen. Kaum saß er an seinem Schreibtisch, kam seine Frau herein und erinnerte ihn mit leicht nörgeligem Unterton:

„Wird langsam mal Zeit, dass Du Dich umziehst."

„Wieso umziehen, steht denn heute noch eine Bestattung an?"

„Nein, aber falls es Dir entgangen sein sollte, ich habe heute Geburtstag und wir hatten vor, heute Mittag essen zu gehen."

„Ja natürlich, vezeih. Ich bin gleich fertig."

Eigentlich hatte er dazu jetzt überhaupt keine Lust, aber das musste jetzt wohl sein. In aller Eile zog er sich Anzug und Krawatte an.

„So mein Schatz, dann lass uns mal losfahren. Wohin möchtest Du denn essen gehen?"

„Zum Italiener."

Dieser Wunsch seiner Frau traf Günther Schmidter wie ein Kinnhaken. Da gab es zig Lokale, wo sie hätten einkehren können, aber sie will ausgerechnet zum Italiener! Für italienisches Ambiente in jedweder Form hatte er derzeit nichts übrig.

„Eigentlich waren wir ja schon lange nicht mehr chinesisch essen", versuchte er sie umzustimmen.

„Na chinesisch ist ja wohl nicht ganz Dein Ding, so bekleckert wie Du gestern vom Chinaimbiss nach Hause gekommen bist. Und außerdem ist das mein Geburtstag und ich wünsche mir nun mal eben, italienisch essen zu gehen."

Eine halbe Stunde später saßen sie in der Taverna Vesuvio. Günther Schmidter konnte sich hier jedoch einfach nicht entspannen und befürchtete, keine feste Nahrung runter zu bekommen. Für sich bestellte er deshalb nur eine Minestrone. Seine Frau ließ sich bei der Wahl ihrer Speise vom Küchenchef persönlich beraten.

„Heute ich kann Ihnen empfehlen besondere Spezialität von die Hause: Muscheln Napolitano“, schlug dieser vor.

Dieser italienische Akzent war für Günther Schmidters Nerven derzeit das reinste Gift. Mental schwer angeschlagen hörte er dem Koch nur mit halbem Ohr zu und verstand immer nur *napolitano*.

„Nein, nein, auf keinen Fall Metodo Napolitano! Iss Pizza oder Spaghetti oder sonst was, aber nicht das.“

„Das ist ja absolut peinlich, wie Du Dich hier aufführst“, fuhr ihn seine Frau an.

Zum Koch gewandt bestellte sie trotzig die Muscheln auf neapolitanische Art. Der Italiener notierte die Bestellung und stellte Günther Schmidter gegenüber klar:

„Hier iste nicht Napoli oder Palermo. Hier gibte nix *Metodo Napolitano*, nur Cozza Napolitana, assolutamente harmlos, wenn gut gekochte.”

Der italienische Begriff für Muscheln ließ nach Günther Schmidters Geschmack allerdings ganz und gar nicht auf eine gute Magenverträglichkeit des fraglichen Gerichts schließen. Jedoch sah er von weiteren Einwänden ab und ergab sich schweigend in sein Schicksal.

Helga Schmidter aß ihre Muscheln mit gutem Appetit. Ihr Gatte hatte Mühe, seinen Suppenteller zu leeren.

„Zum Nachtisch esse ich noch ein Eis“, verkündete sie gut gelaunt, nachdem sie das neapolitanische Gericht verspeist hatte und sich augenscheinlich noch bester Gesundheit erfreute.

„Ach du Schreck, Eis!“ entfuhr es Günther Schmidter, dem immer noch keine brauchbare Lösung für das Mafiosiproblem eingefallen war.

„Nun hab Dich mal nicht so. Ein Nachtisch wird an meinem Geburtstag doch finanziell wohl noch drin sein.“

„So meinte ich das doch nicht Helga. Nur die Herren vom Gesundheitsamt sind immer noch im Kühlraum.“

„Ach du je, die sind aber gründlich!“

„Nein, ich hatte nur ganz vergessen, Siggi hat sie dort versehentlich eingeschlossen.“

Unter diesen Umständen verzichtete Helga Schmidter auf ihren Nachtisch und sah ohne Diskussion ein, dass es sinnvoll sein könnte, erstmal die Herren Kontrolleure zu befreien, um keinen Ärger mit der Behörde zu provozieren.

Als die Schmidters vor dem Kühlraum ankamen, um die beiden Mafiosi vom Gesundheitsamt aus ihrer frischen Umgebung zu befreien, fiel der Blick des Bestatters auf das außen an der Tür angebrachte Thermometer, das erschreckende minus 30 Grad Celsius anzeigte. Irritiert ob dieser nicht für möglich gehaltenen Leistungsfähigkeit des Kühlaggregats sinnierte er:

„Ich dachte immer, bei plus drei Grad wär da drinnen Schluss.“

„Wer hat denn da an dem Thermostat rumgefummelt?“ rief Helga Schmidter entsetzt aus.

„Oh dieser Siggi, jetzt ist er endgültig reif, dieser Volltrottel!“

Günther Schmidters Gesichtsfarbe wechselte in schneller Abfolge von Zornesrot zu Aschfahl, Infarktrot und Totenbleich.

Er öffnete die Tür. Ein eisiger Hauch wehte ihnen entgegen. Nachdem er das Licht angeschaltet hatte, funkelten in der Kühlkammer tausende kleine Eiskristalle. Der Eisanhänger war mit einer feinen Eisschicht bedeckt, die beiden italienischen Herren standen daneben. Sie hielten sich Bauch an Bauch und Brust an Brust dicht umklammert, vermutlich in dem vergeblichen Versuch, sich gegenseitig Wärme zu spenden. Die Gläser ihrer Sonnenbrillen waren durch die Eisschicht weiß und erzeugten so einen weniger mafiösen Eindruck.

Herr Kleinheisterkamp lag friedlich im geöffneten Eiswagen. Sein Kopf war zur Seite geklappt mit Blickrichtung auf die beiden südländischen Herren. Die ganze Szenerie schien wie aus einem surreal-sozialkritischen Weihnachtsmärchen oder Krippenspiel: Herr Kleinheisterkamp als Christkindchen im Eiswagen Maria und Josef betrachtend, die einander in der kalten Winternacht warm hielten. Maria und Josef waren beide als männliche italienische Einwanderer verkleidet – vermutlich wollte der Regisseur mit dieser Inszenierung einen aktuellen Bezug zur Migrantenproblematik herstellen und gleichzeitig für mehr Toleranz in Fragen der sexuellen Orientierung werben. Das Christkind im Eiswagen ließ sich als kritischer Seitenhieb auf unsere konsumorientierte Lebensweise deuten.

In Wahrheit schaute der Gast aus der Eifel jedoch gar nicht zu den beiden Italienern. Sein von Herrn Mantonelli kunstvoll nach vorn gefalteter Kopf war nur wieder weggeklappt, als die beiden Mafiosi ihn anhoben, um sich zu überzeugen, ob hier die Metodo Napolitano fachgerecht durchgeführt wurde.

Ob die beiden sich innig umarmenden Mafiosi Herrn Kleinheisterkamp tatsächlich für diesen gewissen

Sergio hielten, konnte der Bestatter nicht mehr klären, da ihr schockgefrosteter Zustand sie nunmehr strikt an jeglicher Kommunikation hinderte.

„Und jetzt?“ fragte Helga Schmidter einigermaßen schockiert.

„Jetzt falten wir den Herrn Kleinheisterkamp erstmal wieder zusammen und setzen den Deckel auf den Eiswagen.“

„Aber ich meine doch die Männer vom Gesundheitsamt, was machen wir mit denen?“

„Tja, also da muss ich erstmal nachdenken.“

Helga Schmidter fiel auf, dass der tiefgekühlte Zustand der beiden Behördenvertreter ihren Mann auffallend wenig beunruhigte. Ja er schien geradezu erleichtert, die beiden Beamten in dieser erstarrten Position vorzufinden. Anscheinend hatte er doch allergrößte Sorge gehabt, dass sie den Eiswagen wegen Salmonellenbefall beschlagnahmen könnten oder sogar die Erlebnisbestattungen Abendfrieden dichtmachen würden. Aber die Herren einfach schockzufrosten war doch auch keine Lösung, und zwei im Dienst erfrorene Beamte an der Backe zu haben war schließlich keine Kleinigkeit.

Günther Schmidter unterbrach die sorgenvollen Gedanken seiner Frau:

„Also ich denke, wir lassen die beiden jetzt erstmal hier stehen und heute Nacht fahren wir sie irgendwo raus auf ein Feld und stellen sie da ab.“

„Einfach so hinstellen?“

„Ja, solange sie tiefgekühlt sind, kriegt man sie nicht auseinander, kann sie aber gut transportieren – und das Wichtigste: sie kippen nicht um. Und wenn die irgendwo in der Gegend rumstehen, fällt das erstmal überhaupt nicht auf.“

„Aber doch nicht auf ein Feld. Ich meine, das sieht doch jeder auf den ersten Blick, dass da was nicht stimmt, wenn zwei Mitarbeiter des Gesundheitsamts nachts eng umschlungen mitten auf einem Rübenacker rumstehen."

„Wieso? Könnte doch sein, dass die den Acker auf Salmonellen untersuchen und dabei gerade mal Pause machen."

„Ich weiß ja nicht, wie Beamte normalerweise Pause machen, aber jedenfalls glaube ich nicht, dass die sich in der Pause stundenlang umarmen. Ein gutes kollegiales Verhältnis ist ja gut und schön, aber das ist nun doch etwas übertrieben."

„Gut, dann stellen wir sie eben in einer Fußgängerzone ab, das fällt keinem auf. Sieht man in letzter Zeit doch häufiger, junge Leute, die sich als Ritter oder Burgfräulein verkleidet als lebende Standbilder in Fußgängerzonen stellen und dafür von den Passanten ein paar Cent bekommen."

„Meinst Du, jemand würde für zwei Beamte vom Gesundheitsamt, die sich umarmen, Geld in einen Hut werfen?"

„Ist doch ganz egal, wir müssen sie ja nur los werden."

Eine Stunde später fuhren die Schmidters mit den in eine Decke gehüllten Tiefkühlmafiosi in die nicht weit entfernte Kleinstadt Kevelaer. Den Wagen parkten sie unauffällig etwas außerhalb der Innenstadt. Anschließend schoben sie die gut verpackten Herren auf einen Handwagen, den sie dann in die Fußgängerzone zogen.

Die Suche nach einem geeigneten Standplatz dauerte nicht lange. Zunächst schien ihnen der Platz vor einer Wallfahrtskapelle passend. Konnte ja immerhin sein, dass die religiöse Aura dieses Ortes Wunder wirkte und den beiden Männern wieder Leben einhauchte. Aber genau das wollte Günther Schmidter ja eigentlich unbedingt vermeiden. Also drängte er darauf, einen unproblematischeren Aufstellort zu finden.

„Schau mal, wir stellen sie da vorne vor die Bankfiliale“, schlug er nach kurzer Inspizierung der Örtlichkeiten vor.

„Ja gut, das passt. Die beiden sind so korrekt gekleidet, die könnten eigentlich auch als Banker durchgehen.“

Nachdem die Schmidters die Mafiosi neben der Eingangstür der Bank aufgestellt hatten, waren sie beide der Meinung, dass sich Herren vor dem Geldinstitut wirklich sehr gut machten. Auf der Rückfahrt dachte Günther Schmidter noch eine Weile darüber nach, ob ihm früher schon mal die verblüffende Ähnlichkeit zwischen Bankern und Mafiosi aufgefallen war. Wahrscheinlich bewirkten der berufliche Umgang mit großen Geldbeträgen einerseits und sehr persönliche und diskrete Kundenkontakte andererseits dieses ähnliche Erscheinungsbild.

Einige Zeit später sah der Filialleiter der Bank aus dem Fenster seines Büros und erblickte das neu errichtete Standbild vor dem Eingang. Verwundert erkundigte er sich bei einem seiner Mitarbeiter, was das zu bedeuten habe.

„Sicher die neue Werbeaktion von der Zentrale in Frankfurt“, vermutete dieser.

„Was für eine Werbeaktion?“

„Ist doch letzte Woche an alle Filialen ein Fax verschickt worden. Die haben da eine ganz innovative

Werbekampagne gestartet, aber Genaues weiß ich auch noch nicht."

Die beiden Banker gingen nach draußen, um das Standbild näher in Augenschein zu nehmen.

„Wieso drücken die sich denn so eng aneinander? Ist das eine Werbekampagne für homosexuelle Kunden?" wollte der skeptische Zweigstellenleiter wissen.

„Ich glaube, die beiden umarmen sich einfach nur, und das soll eben Vertrauen symbolisieren. Seit diesem Milliardenflop mit amerikanischen Immobilien setzen die in Frankfurt doch alle Hebel in Bewegung, um den Kunden wieder Vertrauen zu unserem Institut zu geben. Ich meine, die Leute sollen einfach wieder fest daran glauben, dass unsere Bank auch mit Geld umgehen kann."

„Also wenn Sie mich fragen, ich finde, die sehen aus wie schwule Gangster."

„Na vielleicht, aber auch Randgruppen bilden ein großes wirtschaftliches Potenzial."

Wieder zu Hause angekommen, wollten die Schmidters diesen turbulenten Geburtstag ganz gemütlich und in Ruhe bei einem Glas Wein ausklingen lassen. Doch wie so oft, wenn sie sich auf einen entspannenden Feierabend gefreut hatten, schellte das Telefon. Der Bestatter ging in sein Büro und nahm den Hörer ab.

„Erlebnisbestattungen Abendfrieden, guten Abend."

„Hallo Günther, rat mal, wer hier spricht. Ich sag nur: die Häppchen warten schon sehnsüchtig auf Dich."

Oh nein, Heidelinde Mörter hatte er ganz vergessen. Eine Häppchenorgie bei dieser Kalorienfurie stand er heute nicht mehr durch. Außerdem konnte er seine Frau an ihrem Geburtstag doch unmöglich allein lassen.

„Ach Heidelinde, wenn Du wüsstest, was ich für einen Tag hinter mir habe. Du, es geht heute wirklich nicht."

„Ich weiß, was Du jetzt brauchst, mein kleiner geiler Kotzer. Es gibt frischen Matjes, also komm schon", Heidelinde Mörters Stimme hatte schon wieder so einen drohend dominanten Unterton.

„Ich kann nicht."

Allein der Gedanke an Matjes machte ihn vollkommen fertig.

„Doch, Du kannst. Und nach den Matjes geb ich Dir heute", hier machte Heidelinde Mörter eine ebenso bedeutungsvolle wie Unheil verheißende Pause, „aber nur wenn Du vor mir auf dem Boden liegst und um Gnade bettelst und wenn Du dann von der Spitze meiner Lackstiefel ganz brav eine Weinbrandbohne leckst – nur dann geb ich Dir fünf Soleier in Dein unartiges Mäulchen."

In diesem Moment kam Helga Schmidter ins Büro und wollte wissen, wer am Telefon sei. Ihr Mann sah sie mit verschwommenem Blick an und antwortete lallend:

„Da ist nochmal das Gesundheitsamt, in den Soleiern sind Salmonellen."

Helga Schmidter erkannte, dass dieser Tag bei ihrem Gatten schwere Spuren hinterlassen hatte. Sie nahm den Hörer in die Hand:

„Guten Abend, mit wem spreche ich?"

„Hier ist Heidelinde Mörter."

„Ah Frau Mörter, meinem Mann geht es heute nicht besonders gut, kann ich Ihnen weiterhelfen?"

„Ich wollte Ihren Mann nur fragen, ob er sich ein paar frisch gemachte Soleier abholen möchte."

„Soleier?"

„Ja Soleier, die isst er doch so gerne. Wussten Sie das denn nicht?" fragte Heidelinde Mörter mit spitzem femininem Unterton.

Wohl nur wenige Dinge können eine Ehefrau so rasend machen wie die Dreistigkeit, von einer anderen Frau über die Vorlieben ihres Mannes belehrt zu werden. Barsch kanzelte Helga Schmidter ihre soleierfahrene Nebenbuhlerin ab:

„Nein Frau Mörter, das wusste ich nicht. Vielen Dank, aber wir haben schon gegessen. Auf Wiederhören."

Helga Schmidter legte den Hörer auf.

„Das war aber nicht sehr höflich. Ich hoffe, sie wird jetzt nicht böse auf mich sein."

Günther Schmidter zeigte einen ernsthaft besorgten Gesichtsausdruck.

„Entschuldige mal, hast Du etwa Angst vor diesem Walross? Und seit wann isst Du eigentlich Soleier? Und wenn schon Soleier, dann hier, gegessen wird zu Hause!"

Unfähig zu einer plausiblen Antwort starrte Günther Schmidter nur stumm auf den Telefonapparat.

„So mein Lieber, ich glaub, Du bist einfach fertig. Du gehst jetzt ganz schnell ins Bett. Und wenn Du Soleier essen möchtest, kann ich die morgen besorgen. Wollte eh noch in den Supermarkt, um frische Matjes fürs Mittagessen zu kaufen."

13

Bevor sich Helga Schmidter am nächsten Morgen auf den Weg zum Einkaufen machte, erinnerte ihr Mann sie daran, die Fotos von der Schwarzwaldtour im Drogeriemarkt abzuholen. Außerdem äußerte er die vorsichtige Bitte, bei der Planung des Mittagessens ein solei- und matjesfreies Gericht in Erwägung zu ziehen. Dass sie angesichts dieses Wunschs nicht wieder auf das gestrige Telefongespräch mit Heidelinde Mörter zu sprechen kam, wundert ihn einerseits, bestätigte andererseits aber seine Ansicht, dass sie eigentlich eine ganz gute Ehe führten.

Gerade hatte Helga Schmidter das Haus verlassen, da schellte es an der Wohnungstür. Wieder standen dem Bestatter zwei ihn ernst fixierende Herren gegenüber. Nahm das denn nie ein Ende mit der Mafia? Der Eiswagen musste auf jeden Fall verschwinden, Herrn Kleinheisterkamps Sauerlandfahrt hin oder her.

„Hören Sie, ich habe mit diesem Eiswagen absolut nichts zu tun und den Herrn Mantonelli kenn ich nur, weil wir da mal eine Pizza gegessen haben", redete Günther Schmidter hektisch auf die Besucher ein.

„Versuchen Sie nicht abzulenken. Sie wissen doch genau, dass es nicht um Pizza, sondern um Torte geht", die Stimme des ungebetenen Besuchers wurde jetzt drohend scharf, „genauer gesagt um Schwarzwälderkirschtorte."

„Sind Sie Herr Schmidter?" fragte der andere Herr in einem unangenehmen Verhörton.

„Ja ich bin Günther Schmidter. Was meinen Sie mit *Schwarzwälderkirschtorte*? Ist mit der irgendwas nicht in Ordnung?"

Vielleicht ging es diesen Herren ja wirklich um die Torte von Heidelinde Mörter. So grausam, wie die geschmeckt hatte, konnte das tatsächlich ein Fall fürs Gesundheitsamt sein. Beflissen bot Günther Schmidter an:

„Moment, ich hol die Torte, wir haben eh nur jeder ein Stück davon gegessen. Meinen Sie, wir müssten uns da irgendwelche Sorgen machen?"

„Sie rühren die Torte auf keinen Fall an, wo steht sie?"

„Kommen Sie mit in die Kühlkammer."

Die Schmidters hatten sich angewöhnt, die Kühlkammer der Erlebnisbestattungen Abendfrieden auch zur Aufbewahrung leicht verderblicher Lebensmittel zu benutzen. Was für eine Leiche gut war, konnte für eine Schweinshaxe, eine Putenbrust oder eine Torte auch nicht verkehrt sein.

Der Bestatter führte die Herren zum Aufbewahrungsort von Leichen und leicht verderblichen Leckereien. Die Temperatur im Inneren hatte mittlerweile wieder ein erträgliches Kühlschrankniveau erreicht. Die beiden Besucher warfen aus einigen Metern Entfernung einen Blick auf die Schwarzwälderkirschtorte, drangen dann aber darauf, den Kühlraum sofort wieder zu verlassen. Für den Eisanhänger interessierten sie sich anscheinend nicht.

Was war bloß los mit dieser Torte? War sie etwa radioaktiv verstrahlt? Hatte Heidelinde Mörter in ihrem grenzenlosen Koch- und Backwahn vielleicht mit radioaktiven Zutaten experimentiert, um einen besonders heftigen Gaumenkitzel zu erzeugen?

Beim Stichwort *Backwahn* fiel Günther Schmidter ein, dass es da vor einigen Jahren mal einen durchgeknallten indischen Guru namens Backwahn (oder hieß er Backwaren?) gegeben hatte. Solchen Leuten traute Günther Schmidter allerhand Unsinn zu, aber mit der Schwarzwälderkirschtorte hatte der sicher doch nichts zu tun.

„Wir benachrichtigen jetzt erstmal den Kampfmittelräumdienst, um die Torte zu entschärfen", bestimmte einer der Herren.

„Entschärfen? Oh Gott, das hört sich ja nach einer Bombe an!" rief Günther Schmidter entsetzt aus.

„Tun Sie doch nicht so. Haben Sie Kontakte nach Afghanistan oder ins Schwäbische?"

„Oh nein, nein, ich … also Afghanen und Schwaben, um Gottes Willen! Ehrlich gesagt sind mir beide Volksgruppen unsympathisch. Wissen Sie, ich sag immer: der Schwabe ist der Afghane unter den Deutschen. Ich meine so ein bisschen fundamentalistisch, vor allem in Gelddingen", versuchte sich der Bestatter betont harmlos zu geben.

„Kennen Sie diesen Mann?"

Einer der Herren zeigte Günther Schmidter ein Phantombild, das ohne Zweifel Siggi Senkelbach darstellte. Besonders sein unnachahmlich blöder Blick war gut getroffen.

„Ja, das ist mein Mitarbeiter Siggi Senkelbach."

„Sie geben also zu, dass sie mit ihm zusammenarbeiten?"

„Nein, er arbeitet mit mir zusammen, ich bin der Chef."

„Dann war der geplante Anschlag also Ihre Idee?"

„Was für ein Anschlag? Und was hat das mit der Torte zu tun? Sie war geschmacklich ja wirklich etwas daneben, also sozusagen ein Anschlag auf unsere Geschmacksnerven, aber …“

„Wir sind vom Bundeskriminalamt, es geht um den geplanten Anschlag auf das Freiburger Münster.“

Dann berichtete der Kriminalbeamte von den Vorfällen in dem Gasthaus am Ortsrand von Freiburg. Günther Schmidter versuchte den Kriminalisten die Hintergründe der Schwarzwaldtour so gut es ging zu erklären. Die Herren blieben jedoch misstrauisch, die Geschäftsidee mit den Erlebnisbestattungen schien ihnen doch sehr verdächtig.

„Kommen Sie, ich kann Ihnen beweisen, dass das mit den Erlebnisbestattungstouren wirklich stimmt, der nächste Gast wartet bereits im Kühlraum auf seine Reise.“

„Halt!“ stoppte ihn einer der BKA-Agenten, „da gehen wir erst rein, wenn die Schwarzwälderkirschtorte entschärft ist.“

Günther Schmidter machte sich nun ernstlich Sorgen um Herrn Kleinheisterkamp. Wenn da wirklich eine Bombe in der Torte war und diese explodierte, bevor sie entschärft werden konnte, würde aus dem Ausflug ins Sauerland nichts werden. Schließlich machte eine solche Reise nur Sinn, wenn Herr Kleinheisterkamp noch in seiner ursprünglichen Form mitfuhr. Nur einige kleinheisterkampsche Einzelteile durchs Sauerland zu kutschieren wäre für das Ehepaar aus der Eifel sicher nur ein suboptimales Vergnügen – schließlich hatte Frau Kleinheisterkamp ja auch die früheren Sauerlandurlaube stets mit ihrem kompletten Gatten verlebt.

Kurze Zeit später raste ein Polizeiwagen mit quietschenden Reifen und Blaulicht auf den Hof der Erlebnisbestattungen Abendfrieden. Ein Polizist, offenbar der erwartete Sprengstoffexperte, stieg aus und wurde von den beiden BKA-Beamten kurz instruiert. Dann zog er sich schwere Schutzkleidung und einen Helm mit Gesichtsschutz an und ging in den Kühlraum. Die beiden Antiterroragenten warteten draußen auf das Resultat der Tortenentschärfung.

Nach quälend langen fünf Minuten kam der Bombenexperte aus der Kühlkammer, an seiner Schutzkleidung klebte Kuchenbrei. Da auch sein Gesichtsschutz mit Schwarzwälderkirschmasse verschmiert war, machte er einen etwas orientierungslosen Eindruck.

„Ist sie hoch gegangen?“ fragte einer der BKA-Männer.

„Nein, habe sie vollkommen zerlegt, jede einzelne Kirsche seziert, von Sprengstoff keine Spur. Aber was anderes hab ich gefunden“, der Tortenentschärfungsspezialist machte hier eine bedrohliche Pause, nahm das Schutzvisier ab, drehte sich zu seinen Kollegen um (da er jetzt wieder sehen konnte, wo sie standen) und sagte nur ein Wort: „Buttercreme.“

„Buttercreme?“ fragten die geschockt wirkenden Antiterroragenten.

„Ja Ihr habt richtig gehört: Buttercreme. Ich konnte es erst auch nicht glauben, eine Schwarzwälderkirschtorte mit … jawohl mit Buttercreme. Ich hab ja schon viel Übles in meinem Beruf gesehen, dachte mich könnte so leicht nichts mehr umhauen, aber so eine Schweinerei ist mir noch nie begegnet.“

Während der eine Kriminalist den unter Schock stehenden Sprengstoffexperten zu beruhigen versuchte, wandte sich der andere an Günther Schmidter:

„Schwarzwälderkirschtorte mit Buttercreme zu kontaminieren ist zwar schon reichlich perfide und hinterhältig aber in Deutschland leider noch nicht strafbar. Eine Gesetzeslücke eben, die sich Untergrundorganisationen leicht zunutze machen können, wenn sie Wind davon bekommen und über das entsprechende technische Know-how verfügen."

Über die große Brisanz buttercremeversauter Schwarzwälderkirschtorte wollte Günther Schmidter später mal in Ruhe nachdenken – es gab eben Gefahren, die ein argloser niederrheinischer Durchschnittsbürger nicht auf Anhieb verstehen kann.

„Sie geben uns jetzt die Adresse von dem Hersteller der Torte und dann ist der Fall für Sie zunächst mal erledigt. Aber kein Wort zu irgendjemand über das, was Sie eben gehört haben. Und sollte da irgendwann mal eine Terrorgruppe ein Schwarzwälderkirschding drehen, werden wir uns als allererstes wieder an Sie erinnern. Haben Sie das verstanden?"

Günther Schmidter bekam weiche Knie, im Geist sah er sich schon in Guantanamo oder in einem geheimen CIA-Gefängnis im Nahen Osten.

„Also von … von mir wird keiner etwas erfahren", stammelte er mit belegter Stimme.

Er gab den Terror- und Tortenbekämpfern die Adresse von Heidelinde Mörter. Mittlerweile traute er dieser Frau so einiges zu. Vielleicht war die Häppchenattacke auf ihn nur der Probelauf für einen groß angelegten Häppchenanschlag in einer belebten Fußgängerzone.

Vor seinem geistigen Auge tauchten Horrorszenarien auf: unschuldige Frauen, Kinder und Greise wanden sich vollgestopft mit Mettbrötchen, Matjes und Weinbrandbohnen unter Qualen auf dem Boden einer Einkaufszone. Doch Heidelinde Mörter kannte keine Gnade und holte Nachschub aus einer Edeka-Filiale. Bis an die Zähne bewaffnet mit Eiskonfekt und Soleiern rückte sie ihren wehrlosen Opfern zu Leibe. Erst nachdem die Fußgängerzone von der Polizei weiträumig abgeriegelt worden war, konnten Scharfschützen eines Sondereinsatzkommandos ihrem entsetzlichen Treiben ein Ende setzen.

Nachdem sich ein BKA-Agent Heidelinde Mörters Adresse notierte hatte, schaute er den Bestatter prüfend an.

„Diese Adresse ist aber am Niederrhein. Ich dachte, Ihr Mitarbeiter hat die Torte aus dem Schwarzwald mitgebracht.“

„Ja ursprünglich schon, aber durch die lange Fahrt war die ungenießbar, deswegen habe ich hier nochmal eine in Auftrag gegeben.“

Der Terroristenjäger holte aus seiner Jacke eine Visitenkarte und überreichte sie Günther Schmidter mit den Worten:

„Wenn Ihnen noch etwas einfällt, rufen Sie uns an.“

Diesen Satz hatte Günther Schmidter schon oft in Kriminalfilmen gehört. Er war überrascht, dass auch ein nicht schauspielerisch vorgebildeter Kriminalbeamter diese Aufforderung so richtig filmreif und in Kombination mit dem entsprechend ernsten Gesichtsausdruck rüber bringen konnte.

Die BKA-Agenten fuhren ab. Günther Schmidter setzte sich in seinen Schreibtischsessel und schloss erschöpft die Augen. Die Idee mit den Erlebnisbestattungen hatte ihn bisher eine Menge Nerven gekostet. Dass dieser neue Service sich auch für ihn selbst derart erlebnisreich gestalten würde, hatte er nicht vorausgesehen. Von so einer Entwicklung war auch in Herrn Lampes Seminar nie die Rede gewesen – oder fehlte ihm selbst einfach nur Herrn Lampes Fähigkeit, alle Entwicklungen positiv zu sehen?

Aber vielleicht waren das ja auch nur die anfänglichen Kinderkrankheiten des neuen Bestattungskonzepts. Jedenfalls hoffte er, dass sich die berufsbedingten Kontakte zu Antiterroragenten und italienischen Mafiakillern mit der Zeit vermindern würden, wenn sich das Erlebnisbestattungsgeschäft etwas mehr eingespielt hatte. Immerhin beobachtete er mit großer Genugtuung, dass die Geschäfte von McGrave wohl auch nicht mehr so florierten wie in der Anfangszeit.

Der Bestatter war in seinem Schreibtischsessel eingenickt. Er träumte, wie ein Schlägertrupp der Mafia McGrave stürmte und alle Särge und Urnen mit Baseballschlägern zerschlug. Nachdem die Mafiosi das Feld geräumt hatten, betrat Herr Lampe die Räumlichkeiten, sah sich den Scherbenhaufen an und hielt spontan einen mitreißenden Vortrag über diese innovative Präsentationsidee von McGrave: der Zerfall des Leichnams werde durch die demolierten Särge sehr schön in ein Verkaufskonzept umgesetzt. Als Herr Lampe geendet hatte, stellte Cindy Müller einen völlig aus den Fugen gegangenen Sarg als das passende Modell für den sogenannten *Trashtyp* vor.

„Hallo, schau mal was ich Dir mitgebracht habe."

Günther Schmidter schreckte aus seinem Nickerchen auf, seine Frau kam herein und legte die Fotos von der Schwarzwaldtour vor ihn auf den Schreibtisch. Er musste erstmal wieder richtig zu sich kommen. Noch halb im Traum rieb er sich die Augen, dann öffnete er den Umschlag mit den Fotos.

Als er sich die Fotos anschaute, rieb er sich erneut die Augen. Neben einigen wenigen stimmungsvollen Schwarzwaldmotiven und jeder Menge völlig verwackelter Aufnahmen eines Schützenfestes mit torkelnden oder bereits kollabierten Schützen zeigten die meisten

Bilder den Schützenkönig. Mal auf dem Sargbeiwagen sitzend, dann im hohen Bogen von dem Sarg runter fliegend, mal bedeckt mit Eis am Stiel, dann bekleckert mit farbenfroher Eisbrühe, dann wiederum patschnass neben dem Sarg liegend. Ein Foto zeigte Herrn Kleinheisterkamp auf einem Sofa, wie er mit starrem Blick skeptisch eine Fahrradkarte vom Sauerland studiert.

Günther Schmidter war klar, dass die meisten Fotografien Heidelinde Mörter nicht wirklich helfen würden, ein ehrendes Andenken an Ihren Vater aufzubauen. Bestenfalls konnten die Bilder des Schützenkönigs dazu dienen, ein wenig Trost zu spenden, denn den meisten Menschen hilft es aus ihrer trüben Stimmung zu kommen, wenn sie sehen, dass andere noch mehr Pech haben.

Er entschied sich, Heidelinde Mörter nur die Schwarzwaldmotive sowie (als kleine Aufmunterung) das Foto des vom Sarg fliegenden Schützenkönigs zu überreichen.

Unterdessen hatten die Tiefkühlmafiosi ihre neue Aufgabe als Werbestandbild für vertrauensvolle Bankgeschäfte wieder aufgegeben. Nachdem die beiden Herren ihren steif gefrorenen Zustand durch den eintretenden Auftauprozess beendet hatten, sackten sie in sich zusammen und lagen nunmehr eng umschlungen, übereinander liegend vor der Bankfiliale. Vorbeigehende Passanten kommentierten diese provozierend offen zur Schau gestellte homosexuelle Neigung mit Kopfschütteln und bösen Bemerkungen.

Der Filialleiter rief besorgt in der Frankfurter Zentrale an, da er sich ernsthaft Sorgen um den Ruf seines Instituts machte. Solche effekthascherischen Werbemaßnahmen mochten in Großstädten Sinn machen, der niederrheinische Bankkunde war für so was jedoch eindeutig zu konservativ.

Ein Mitarbeiter der bankeigenen Werbeabteilung hörte sich die Einwände des Provinzbankers an, fand diese jedoch etwas übertrieben, da er fälschlicherweise annahm, es handele sich um die gerade angelaufene Werbeaktion für den Weltspartag.

„Ich glaube, Sie brauchen sich da keine Sorgen zu machen, diese Promotionkampagne haben wir von einer ganz renommierten Werbeagentur konzipieren lassen. Ich kann Ihnen das nochmal kurz erklären. Die beiden Figuren heißen *Dispo* und *Giro*, das sind die lustigen Sparzwerge, die unsere junge Kundschaft auf den Weltspartag hinweisen sollen."

„Und wieso liegen die Sparzwerge aufeinander und sehen so aus, als ob sie es miteinander treiben?"

„Ja haben Sie sich denn nicht die mitgelieferte Aufstellanleitung durchgelesen? Da steht doch ganz eindeutig drin, dass Dispo und Giro nebeneinander aufzustellen sind, mit Blickrichtung zu den Kunden. Dispo bekommt das rote Zipfelmützchen auf den Kopf gesetzt und Giro das grüne. Beide halten in ihrer rechten Hand ein Säckchen mit Geld."

„Also der eine hat zwar seine Hand an einem Säckchen, aber nicht an seinem und Geld ist da höchstwahrscheinlich auch nicht drin", murmelte der genervte Filialleiter.

„Was? Wie meinen Sie das jetzt? Also die Sparzwerge müssen die Säckchen schon genau so wie in der Aufbauanleitung beschrieben halten, sonst stimmt die ganze Werbebotschaft nicht mehr."

„Ja, den Eindruck habe ich auch. Na dann vielen Dank, wir werden das schon irgendwie hinkriegen."

Auch mit viel Mühe gelang es den Mitarbeitern der niederrheinischen Bankfiliale jedoch nicht, die beiden Mafiosi in der von der Werbeabteilung beschriebenen Weise zu platzieren. Die beiden Italiener waren als lustige Sparzwerge einfach nicht zu gebrauchen, da sie immer wieder in sich zusammensackten und mit ihren grimmigen Mienen sicher nicht dazu beitrugen, dass unsere Jüngsten zum frohen Befüllen ihrer Spardosen animiert werden konnten.

Vielleicht lag der misslungene Werbeauftritt aber auch daran, dass die erforderlichen Zipfelmützen nicht mitgeliefert worden waren. Ein Mafioso ohne Zipfelmütze sieht eben eher aus wie ein Mafioso, der sich weigert, Zipfelmützen zu tragen.

Eine Mitarbeiterin der Kreditabteilung bastelte zwar noch rasch zwei bunte Papiermützchen, doch bewirkte diese Kopfbedeckung bei den beiden Herren auch nicht das erwünschte Aussehen als lustige Sparzwerge. Die Italiener sahen jetzt einfach wieder wie zwei schwule Mafiosi aus, die die frohe Werbebotschaft zum Weltspartag wenig glaubwürdig kommunizierten.

Schließlich wurde dem Filialleiter die Sache zu dumm und er wies seine Leute an, diese blödsinnigen Werbefiguren gut zu verpacken und zurück an die Zentrale in Frankfurt zu schicken.

Was dann weiter aus den beiden Gangstern wurde, ist unbekannt. In gut unterrichteten Bankerkreisen wurde später gemunkelt, dass die Mafiosi auf Anweisung des Bankvorstands wieder eingefroren wurden, um dann bei jedem öffentlich bekannt gewordenen Finanzskandal der Bank aus der Kühltruhe geholt zu werden und der Öffentlichkeit als Schuldige für Verluste in mehrstelliger Millionenhöhe präsentiert werden zu können.

Auch die Antiterrorspezialisten des BKA mussten bei ihrer Aufklärungsarbeit einen herben Rückschlag hinnehmen. Nach den Ermittlungen bei den Erlebnisbestattungen Abendfrieden machten sie sich sofort auf den Weg zu Heidelinde Mörter. Zunächst schien sich ihre Aufklärungsarbeit dort auch sehr erfolgreich zu gestalten. Durch den Einsatz professioneller Verhörmethoden konnten sie die Verdächtige rasch zu einem umfassenden Geständnis bewegen. Ohne Umschweife gab sie zu, nicht nur die buttercremeverseuchte Schwarzwälderkirschtorte selbst hergestellt zu haben, sondern auch das verhängnisvolle Tortenrezept in ihrem gut getarnten Küchenlabor eigenhändig entwickelt zu haben.

Kontakte zu Al-Qaida, Bin Laden oder einer schwäbischen Separatistenorganisation schien Heidelinde Mörter glücklicherweise noch nicht aufgebaut zu haben. Auch versicherte sie glaubwürdig, dass sie die hochbrisante Anleitung zur Herstellung der Torte nicht an die Mächte der *Achse des Bösen* weiter gegeben habe.

Doch dann stieß einer der beiden Antiterrorspezialisten auf ein entscheidendes Beweisstück. Gut getarnt unter einem Zeitschriftenstapel fand er die Speisekarte einer weltweit operierenden Fast-Food-Kette. Schon lange hatten die Ermittlungsbehörden diese Organisation in Verdacht, ihre Unheil stiftenden Hamburgermixturen in geheimen Versuchslaboren an lebenden Menschen zu testen. Für die BKA-Agenten war augenblicklich ohne jeden Zweifel erwiesen, dass auch Heidelinde Mörter in den Diensten dieses weltumspannenden Terrornetzwerkes stand.

„Was zahlen die Ihnen dafür, dass Sie neue Terrorrezepte für sie ausbrüten?"

Der BKA-Agent fixierte Heidelinde Mörter mit einem bohrenden Blick.

„Ich weiß jetzt überhaupt nicht, was Sie von mir wollen. Ich hab die Schwarzwälderkirsch doch nur als Geburtstagsgeschenk gemacht."

„Ihnen dürfte bekannt sein, dass diese Fast-Food-Kette auch Kindergeburtstage organisiert. Sie geben also zu, dass Sie dafür diese Torte entwickelt haben, um damit sogar auch unschuldige Kinder fertigzumachen?"

„Also jetzt versteh ich wirklich nichts mehr. Und wenn Sie glauben, dass ich nicht vernünftig mit Lebensmitteln umgehen kann, bring ich Ihnen jetzt ein paar Häppchen, dann werden Sie schon sehen. Setzen Sie sich!"

Heidelinde Mörters Stimme bekam wieder diesen dominanten Unterton. Die Kriminalisten machten nun einen entscheidenden Fehler, den sie noch bitter bereuen sollten. Sie ließen sich auf ihren Vorschlag ein!

Kurz nachdem es sich die unerschrockenen Terrorbekämpfer auf der Couchgarnitur bequem gemacht hatten, servierte Heidelinde Mörter auch schon ein gigantisches Häppchenpotpourri.

Die beiden Herren unterzogen die Schinken-, Salami-, Gouda- und Camembertsandwiches, die Matjesfilets, Spargelröllchen, die Lachs- und Sardellenkanapees, die Weinbrandbohnen, Monchérikirschen und Geleefrüchte zunächst einer intensiven optischen und geruchsmäßigen Begutachtung. Nachdem sich hierbei keine konkreten Verdachtsmomente ergeben hatten, stellten sie erste vorsichtige Geschmacksproben an. In völliger Fehleinschätzung der Gefahrensituation langten die BKAler dann jedoch bald arglos und mit gutem Appetit zu. Heidelinde Mörters Falle war zugeschnappt!

Erst spielerisch und wie nebenbei, dann immer hemmungsloser ging Heidelinde Mörter dazu über, ihre Besucher zu füttern. Nach und nach ging das Füttern über in ein kraftvolles Reinstopfen. Zu spät erkannten die Kriminalisten, dass sie selbst zum Opfer wurden. Obwohl gut durchtrainiert und geschult in Selbstverteidigungstechniken, waren sie doch schon bald so abgefüllt, dass sie Heidelinde Mörters Fütterungsterror nichts entgegenzusetzen hatten.

In seiner Not griff einer der Männer zu seiner Waffe. Diese hatte Heidelinde Mörter jedoch in einem unbeobachteten Moment unbrauchbar gemacht, indem sie die Kugeln gegen Weinbrandbohnen ausgetauscht hatte. Statt eines finalen Befreiungsschusses tropfte aus der Mündung der Handfeuerwaffe nur ein klebriger Weinbrandschokobrei.

Heidelinde Mörter entriss dem nun total gelähmten Beamten die Waffe, hielt ihm den Lauf in den Mund und drohte damit, eine weitere Weinbrandbohnensalve abzufeuern. Sein Kollege bettelte um Gnade und versprach der Kalorienfurie alles zu tun, was sie von ihnen verlangte.

„Handschellen rausholen und gegenseitig am Servierwagen fesseln", herrschte die zu allem Entschlossene ihre Opfer an.

Die wehrlosen Antiterrorspezialisten taten wie ihnen befohlen. Während der eine Beamte nun vollkommen willenlos und apathisch hinnahm, dass ihm Heidelinde Mörter eine Geleefrucht nach der anderen in den Mund steckte und damit drohte, mit einem Kochlöffel nachzustopfen, wenn er nicht zügig runterschlucke, schien der andere Herr plötzlich Gefallen an der Situation zu finden.

„Wissen Sie, ich hab meine Frau schon so oft gebeten, mich mal ans Bett zu fesseln, aber sie hat dafür einfach nichts übrig. Würde es Ihnen vielleicht möglich sein, mich ein wenig zu peitschen?"

Heidelinde Mörter lächelte ein dämonisches Lächeln:

„Na gut, wenn Du's brauchst, mein süßer kleiner Fresssack. Aber danach wird wieder brav weiter gegessen."

Sie verließ das Wohnzimmer. Kurz darauf kam sie bekleidet mit Lackstiefeln und mit einem frischen Matjesfilet in der Faust zurück, um den unartigen Kriminalisten zu züchtigen.

„Ich hatte jetzt eigentlich mehr an eine Lederpeitsche gedacht", flüsterte der schreckensbleiche Agent kleinlaut, als er das ungewöhnliche Marterwerkzeug erblickte.

„Das könnte Dir so passen, Du Weichei", fuhr ihn Heidelinde Mörter ohne jede Spur von Mitleid an.

Schon sauste das Matjesfilet wieder und wieder auf das entblößte Kriminalistenhinterteil. Die rasende Kaloriendomina kannte kein Halten mehr. Erst als sie das zehnte Matjesfilet auf dem Beamtenpo zerdroschen hatte, ließ sie von ihrem Opfer ab, legte sich erschöpft auf die Couch und schlief ein.

Zu gleicher Zeit machte sich Günther Schmidter auf den Weg zu Heidelinde Mörters Wohnung, um ihr die Fotos von der Schwarzwaldtour vorbeizubringen. Außerdem hatte er sich vorgenommen klarzustellen, dass er für weitere Häppchenorgien nicht mehr zur Verfügung stehe, da er sich entschlossen habe, eine Trennkostdiät zu machen, um ein paar Pfunde los zu werden. Natürlich war die Diät nur ein vorgeschobenes Argument, mit welchem er hoffte, sich aus Heidelinde Mörters Fängen befreien zu können.

Der Bestatter drückte mehrmals auf den Klingelknopf an der Mörterschen Wohnungstür, niemand öffnete. Als er sich gerade wieder auf den Heimweg machen wollte, ging die Wohnungstür einen Spalt weit auf. Heidelinde Mörter steckte ihren Kopf heraus, sie machte einen etwas verwirrten Eindruck.

„Hallo Günther, schön Dich zu sehen. Im Moment ist es nur etwas ungünstig, ich habe gerade Besuch."

„Ich will nicht lange stören, ich wollte Dir nur die Schwarzwaldfotos von Deinem Vater bringen."

Mit diesen Worten betrat er auch schon ihre Wohnung. Das hätte er besser nicht getan, denn hier bot sich ihm ein Bild des Grauens. Die beiden Kriminalisten hingen wie leblos angekettet am Servierwagen, der noch über und über mit Häppchen beladen war. Das Hinterteil des einen Beamten war entblößt und stark gerötet. Überall lagen Sandwichreste, vermatschte Geleefrüchte und zerfetzte Fischstücke herum. Ein penetranter Matjesgeruch durchzog die ganze Wohnung. Günther Schmidter war fassungslos, dann wurde ihm übel.

„Was hast Du denn jetzt wieder angestellt, Heidelinde?"

„Die Herren wollten sich von der Qualität meiner Speisen überzeugen. Da haben wir eben ein paar Kostproben zu uns genommen."

„Heidelinde, ich glaub Du verschweigst mir da was. Für einen kleinen Imbiss kettet man sich nicht an einen Servierwagen und zieht gewöhnlich auch nicht die Hose runter. Nimm's mir bitte nicht übel, aber das sind Tischsitten weit jenseits von Knigge. So geht das nicht, die Herren sind vom BKA, Du bringst uns noch alle hinter Schloss und Riegel."

Die Antiterrorspezialisten selbst äußerten sich nicht zum Geschehen, sie schienen in einen komaähnlichen Zustand verfallen zu sein. Günther Schmidter und Heidelinde Mörter beschlossen, die Herren erstmal im

Kühlraum der Erlebnisbestattungen Abendfrieden zwischenzulagern, um dann in Ruhe zu überlegen, wie man aus dieser Affäre wieder einigermaßen unbeschadet rauskommen könnte.

Glücklicherweise wohnte Heidelinde Mörter Parterre und die beiden konnten die Kriminalbeamten, einen nach dem anderen, auf dem Servierwagen zu Günther Schmidters Bestattungsfahrzeug, das nur zwei Häuser weiter parkte, transportieren.

Als sie den ersten Kriminalisten auf dem Servierwagen aus dem Hauseingang schoben, trafen sie Herrn Suttmeyer, einen Rentner, der die Wohnung in der ersten Etage bewohnte.

„Tolle Sache das mit Winnis Beerdigung auf der Harley", Herr Suttmeyer klopfte dem Bestatter anerkennend auf die Schulter, „ich vermute, dieser Herr hier war Kellner."

Der Rentner deutete auf den bäuchlings quer auf dem Servierwagen platzierten BKA-Mann.

„Wieso Kellner?" fragte Heidelinde Mörter.

„Na wegen dem Servierwagen. Den bahren Sie doch sicher in der Trauerhalle auf dem Servierwagen auf", wandte sich Herr Suttmeyer an Günther Schmidter, „man hört ja immer wieder, dass Ihr Bestattungsunternehmen sehr individuell auf Kundenwünsche eingeht."

„Ja ganz richtig, Frau Mörter hatte zwei Kellner vom Partyservice bestellt, und die müssen wir leider beide wegbringen."

„Beide?" fragte Herr Suttmeyer betroffen, „ein Arbeitsunfall?"

„Ja genau, ein Arbeitsunfall, beim Servieren zack mit den Köpfen zusammengestoßen."

„Ach was? Und da denkt man immer, dass so ein Beruf gar nicht so gefährlich ist. Als ich noch auf dem Bau gearbeitet hab, da gab's ja Helmpflicht."

„Soll jetzt auch in der Gastronomie eingeführt werden. Sie glauben gar nicht, wie viele Kellner durch schwere Kopfverletzungen hinweggerafft werden. Und dann erwischt's immer gleich zwei – also weil die da mit ihren Köpfen zusammenballern."

Herr Suttmeyer war beeindruckt von Günther Schmidters Detailkenntnissen, dieser Mann war eben ein wahrhafter Fachmann in Sachen Tod.

Der Rentner bot sich an, beim Abtransport des zweiten Kellners zu helfen. Die beiden nahmen das Angebot an, da sie merkten, dass sie Herrn Suttmeyer jetzt ohnehin nicht los würden. Allerdings hatten sie nicht mehr daran gedacht, dass sich der zweite BKA-Mann nicht nur in einem quasi leblosen Zustand befand, sondern dem Betrachter auch immer noch sein entblößtes und stark gerötetes Hinterteil präsentierte – eine für den Kellnerberuf sehr unvorteilhafte Pose, wird doch gerade in dieser Branche sehr auf ein korrektes Erscheinungsbild geachtet.

„Wieso hat der denn die Hose runter gezogen?" wollte Herr Suttmeyer angesichts der frivol darniederliegenden gastronomischen Servicekraft wissen.

„Wir haben noch einen Wiederbelebungsversuch eingeleitet, war aber zwecklos", erklärte Günther Schmidter.

„An seinem Hintern?" wunderte sich Herr Suttmeyer.

„Ja, ist ein altes isländisches Rezept. Den Po solange mit frischem Hering massieren, bis der Pulsschlag wieder einsetzt."

„Ach ja, riecht man“, der Rentner schnüffelte betroffen, „hat aber nich geholfen.“

„Ja, leider. Vielleicht war der Fisch doch nicht mehr ganz frisch.“

Herr Suttmeyer schüttelte still seinen Kopf, nachdenklich murmelte er vor sich hin:

„Vielleicht hätte ihn ne künstliche Beatmung gerettet, aber ehrlich gesagt, ich könnte das auch nich an so'nem Hinterteil.“

In diesem Moment gab der bewusstlose BKA-Mann ein leises Stöhnen von sich.

„Da is ja noch Leben drin“, rief Herr Suttmeyer und spurtete in die Küche.

Dort fand er noch ein intaktes Matjesfilet, das Heidelinde Mörters erotischer Raserei entgangen war. Sofort machte er sich damit entschlossen über das geschundene Kriminalistenhinterteil her. Der Rentner ging bei der matjes-basierten Steißmassage so engagiert zu Werke, dass er schon bald arg ins Schwitzen kam und eine bedrohlich rote Gesichtsfarbe annahm. Doch alle Reanimationsbemühungen fruchteten nichts. Außer einem leisen Darmwind konnte Herr Suttmeyer dem Objekt seiner Wiederbelebungsversuche auf isländische Art keine Lebensäußerungen entlocken.

„Also dann auch mal ab auf den Servierwagen“, schlug der Rentner, der nicht zu sentimentalen Betrachtungen neigte, vor.

Als beide Herren im Bestattungsfahrzeug verstaut waren, ging Günther Schmidter nochmal mit in die Wohnung, um mit Heidelinde Mörter einige klärende Worte zu sprechen.

„Hör mal Heidelinde, in nächster Zeit kann ich bei Dir leider keine Häppchen mehr essen. Ich muss nämlich ein bisschen abspecken und deshalb mach ich ab heute Trennkost. Das heißt, ich kann nur getrennt von anderen Menschen essen, sonst funktioniert das nicht."

„Nie mehr gemütlich zusammen eine Kleinigkeit essen?"

Heidelinde Mörter war sichtlich getroffen.

„Ja leider. Und außerdem müssen wir erstmal etwas Gras über die Sache mit den BKA-Beamten wachsen lassen. Ist besser, wenn wir uns jetzt erstmal eine Zeit nicht sehen."

Auch diesen Satz hatte Günther Schmidter schon oft in Kriminalfilmen gehört. Wirkte direkt beeindruckend, so was mal selbst zu sagen und dabei so lange cool in eine imaginäre Ferne zu schauen, bis man glaubt, der Satz wäre von einem selber. Auf jeden Fall schien er Heidelinde Mörter zu beeindrucken. Wortlos gab sie ihm einen letzten Kuss auf die Wange, steckte ihm eine letzte Weinbrandbohne in den Mund und ging in die Küche, um ihren Schmerz mit einem frisch zubereiteten Zwiebelmettbrötchen zu betäuben.

Zu Hause brachte der Bestatter die Agenten direkt in die Kühlkammer. Die beiden waren noch nicht wieder zu Bewusstsein gekommen und leisteten deshalb keinen Widerstand. Sorgfältig deckte er sie mit ein paar Decken zu, damit sie sich nicht erkälteten. Wie er sie wieder los werden sollte, war ihm noch vollkommen unklar.

„Hört das mit dem Gesundheitsamt denn nie auf?"

Günther Schmidter vernahm die Stimme seiner Frau, die den Kühlraum betrat und offenbar davon ausging, dass ihr Mann gerade dabei war, zwei weitere beamtete Kontrolleure auf Eis zu legen. Erschrocken drehte er sich zu ihr um.

„Ja Helga, die haben beim Gesundheitsamt anscheinend sonst nichts zu tun oder sind personell überbesetzt."

„Das werden wir ändern", erwiderte Helga Schmidter nun deutlich genervt wegen der dauernden gesundheitsamtlichen Inspektionen.

Resolut entfernte sie die Decken von den Beamten, drängte ihren Mann aus der Kühlkammer, verriegelte von außen die Tür und stellte den Temperaturregler auf die Superschockfrosteinstellung.

„Die stellen wir morgen auch vor der Bank in Kevelaer ab", entschied sie in einem Ton, der keinen Widerspruch duldete.

„Aber Helga, wir können der Bank doch nicht das komplette Gesundheitsamt vor die Tür stellen. Irgendwann fällt das doch mal auf."

„Die kommen morgen weg", ihre Stimme bebte vor zorniger Entschlossenheit, „und zwar tiefgekühlt und damit basta!"

Günther Schmidter sah ein, dass jeder Widerstand zwecklos war.

14

Am nächsten Morgen luden die Schmidters die beiden tiefgekühlten BKA-Agenten (respektive Kellner oder Gesundheitsamtskontrolleure – Günther Schmidter verlor da langsam selbst den Überblick) in den Bestattungswagen und machten sich auf den Weg zur Bankfiliale in Kevelaer.

Den Wagen parkten sie an der gewohnten Stelle. Routiniert legten sie die kalten Gäste auf den Handkarren und machten sich auf den vertrauten Weg zum Kreditinstitut. Da beim letzten Mal alles so glatt abgelaufen war, machten sie sich dieses Mal nicht die Mühe, die Herren mit Tüchern zu verhüllen.

Unterwegs begegneten sie einer Pilgergruppe, deren Mitglieder sich durch eine Reise in die niederrheinische Wallfahrtsmetropole Kevelaer wahrscheinlich Heilung von allen möglichen Gebrechen erhofften. Jedenfalls sahen die meisten Wallfahrer gesundheitlich etwas angeschlagen aus. Einige wurden von ihren Pilgerkollegen im Rollstuhl geschoben.

Eine ältere Rollstuhlinsassin deutete auf die tiefgekühlten Herren und fragte Günther Schmidter mitfühlend:

„Auch Arthrose?"

„Ja leider. Im fortgeschrittenen Stadium, steif wie ein Brett."

„Ach die Ärmsten", mit diesen Worten ergriff die um Trost bemühte Rollstuhlpilgerin die Hand des einen Kriminalisten, zog sie jedoch rasch wieder zurück.

„Der ist ja schon ganz kalt", stellte sie erschrocken fest.

„Ja, auch zu niedriger Blutdruck, bewegt sich einfach zu wenig“, erläuterte der Bestatter.

Mittlerweile waren sie vor der Bank angekommen. Die Pilger marschierten bzw. rollten weiter, die Schmidters stellten die Antiterrorspezialisten vor das Schaufenster des Kreditinstituts. Der zweite tiefgekühlte Herr stand noch nicht ganz, da kam der Filialleiter sichtlich erregt aus der Bank gestürzt und stellte unmissverständlich klar, dass sie die beiden mal schleunigst wieder aufladen und abtransportieren sollten. Die Bankfiliale in Kevelaer brauche keine lustigen Sparzwerge und außerdem fehlten da auch wieder die Mützchen.

„Mützchen?“ fragte Günther Schmidter verwirrt.

Angesichts der beiden gut konservierten Herren im besten Mannesalter nahm er an, mit dem Ausdruck *Mützchen* wolle der Filialleiter das umschreiben, was man eigentlich korrekt als Kondom bezeichnet.

„Aber wieso sollen wir ihnen denn noch Kondome überziehen?“

Mit dieser ohne jeden Hintergedanken geäußerten Frage hatte Günther Schmidter bei dem Banker offenbar unwissentlich einen wunden Punkt getroffen.

„So und eines will ich Ihnen auch noch sagen“, der Filialleiter geriet nun mehr und mehr in Rage, „diese ganzen Sauereien können Sie vielleicht in Frankfurt abziehen, aber wir sind hier am Niederrhein und in einem sozusagen unbefleckten Wallfahrtsort. Da lass ich mir vor meine Filiale doch weder schwule Sparzwerge hinstellen und erst recht keine exhibitionistischen Zwerge, die Werbung für solche Verhütungsformen machen, die gerade die katholische Kundschaft, also …“, vor lauter Erregung verlor der Zweigstellenleiter sowohl die Fassung als auch den Gesprächsfaden, „nur hinter vorgehaltener Hand oder, wie sagt man, also sozusagen unter der Hand praktiziert."

Günther Schmidter verstand den Banker nicht, hatte jedoch in Anbetracht der letzten Redewendung die Befürchtung, dass nun noch ein Exkurs über die Unheil stiftende Wirkung der Selbstbefriedigung folgen würde. Mit beschwichtigenden Gesten wollte er den aufgebrachten Mann beruhigen. Dies gelang ihm jedoch nicht, wütend fuhr der Zweigstellenleiter in seiner Zornesrede fort:

„Wenn die Werbeabteilung meint, mit diesem Mist den Sparwillen unserer Jugend zu fördern, so kann ich nur sagen: pfui. Möchte gar nicht wissen, welche perversen neuen Spardosenmodelle die sich dazu ausgedacht haben. Wahrscheinlich nudistische Sparzwerge, denen man hinten die Münzen reinsteckt und vorne wackelt dann alles ganz lustig!"

Mit diesen Worten ließ der Zweigstellenleiter die sprachlosen Schmidters stehen und verschwand in der Bank. Von der anderen Straßenseite winkte die arthrosegeplagte Rollstuhlfahrerin und zeigte auf die beiden nun wieder aufrecht stehenden Kriminalisten:

„Na denen geht es aber scheint's wieder ganz gut. Ich sag's ja immer wieder, der Glaube kann Berge versetzen, Kevelaer hilft immer."

Günther Schmidter hatte momentan keine Antenne für die aufmunternden Worte der Arthroseexpertin, zerstreut rief er zurück:

„Ja, und Ihr Rollstuhl sieht auch schon wieder viel besser aus."

Ein aufgeweckter Grundschüler, der das Gespräch zwischen den Schmidters und dem Banker mit bekommen hatte, erkundigte sich neugierig, wo er denn so eine geile Spardose bekommen könne. Genervt von der ganzen Situation verwies Günther Schmidter ihn an die Rollstuhlinsassin auf der anderen Straßenseite.

Der Junge lief rüber und sprach einige Worte zu der alten Dame, wobei er seine vorgetragene Bitte mit einigen eindeutigen Handbewegungen illustrierte. Die Arthrose der Rollstuhlinsassin schien sich durch die heilende Wirkung des Wallfahrtsortes schon erfreulich gebessert zu haben, auf jeden Fall war die Rentnerin nun ohne Mühe in der Lage, die Bitte des Jungsparers mit einer kräftigen Ohrfeige zu beantworten und seinem Sparwillen so einen herben Dämpfer zu versetzen.

Um keinen weiteren Skandal zu provozieren, luden die Schmidters die beiden Herren wieder auf den Handwagen und beschlossen, Kevelaer zu verlassen, um einen anderen Platz für die beiden kalten Gäste zu suchen.

Zunächst fuhren sie einige Zeit planlos in der Gegend umher, konnten aber keinen geeigneten Abstellplatz ausfindig machen. Dann kam Günther Schmidter auf die Idee, Herrn Mantonellis Hilfe bei der Entsorgung der Kriminalbeamten zu erbitten. Schließlich hatte er dem Pizzabäcker ja auch geholfen, die beiden italienischen Mafiosi zu beseitigen. Seiner Frau erklärte er:

„Du Helga, ich bringe die beiden einfach zum Gesundheitsamt. Sollen die sich doch selbst um ihre Mitarbeiter kümmern.“

„Aber nein, das kannst Du doch nicht machen, dann wissen die doch sofort, dass wir die Herren tiefgekühlt haben. Und außerdem haben die sicher schon Büroschluss, da erreichst Du heute keinen. Du weißt doch, wie das bei den Behörden ist.“

„Lass mich nur machen.“

Schulterzuckend überließ Helga Schmidter ihrem Mann die weitere Verantwortung für die beiden unterkühlten Behördenmitarbeiter. Der Bestatter setzte seine Frau zu Hause ab und fuhr direkt weiter nach Duisburg.

Gegen 18 Uhr erreichte er Mantonellis Pizzeria. Er betrat das Lokal, das einen sehr gemütlichen Eindruck machte. Herr Mantonelli stand hinter der Theke. Als er Günther Schmidter sah, kam er sofort freudestrahlend auf ihn zu und begrüßte ihn herzlich.

„Ah iste große Überraschung, iste ganz prima, dass Du kommst mal vorbei. Natürlich biste Du meine Gast, komm jetzt erstemal bissken trinken Vino."

Herr Mantonelli bot ihm einen Platz an einem etwas abseits gelegenen Tisch an und setzte sich zu ihm. Ein Kellner brachte eine Flasche Chianti und schenkte den beiden ein.

„Weißte Du, ich hatte wirklich bissken Angst um Dich", sagte Herr Mantonelli mit leicht gesenkter Stimme, „aber nur bissken. Ich immer gedacht hab: dieses Schmidter is viel zu schlau für diese Blödmanngeschäftspartner, diese stinkigen, die überall suchen dieses Arschcousin, dieses Sergioidiot. Und was iste jetzt? Ich hab natürlich recht. Schmidter diese alte Schlitzenohr lebt immer noch. Bravo, bravissimo und salute."

Der Pizzabäcker leerte sein Glas in einem Zug auf das Wohl des Bestatters. Schreckensbleich trank auch Günther Schmidter sein Glas mit einem Riesenschluck leer.

„Nu mal sagen, waren diese Geschäftspartnerarschenlöcher schon bei Dir, haben mit lange Messer bissken an Deine Hals rumgeschnibbelet? Oder haben kleines Glied abhacken? Also ich meinen kleines Glied von die Finger", präzisierte Herr Mantonelli und brach ob dieses neckischen Wortspiels in ein herzhaftes Lachen aus.

Günther Schmidter goss sich selbst nach und leerte ein zweites Glas. Er merkte, wie ihm der Alkohol sehr schnell zu Kopf stieg und dafür sorgte, dass die niederrheinisch-verzagte Gefühlslage langsam wich und einer süditalienisch-draufgängerischen Gestimmtheit Platz machte. Er stand auf, erhob sein Glas, und verkündete mit großer Geste und soviel Machismo in der Stimme wie er sonst nur italienischen Gangstern oder Politikern zu eigen ist:

„Es waren zwei. Zwei Geschäftspartnerarschidioten. Cousins von Sergiovolltrottel. Beide, hören Sie zu Herr Mantonelli, beide …“, Günther Schmidter machte eine bedeutungsschwere Pause und schaute visionär in die Ferne (auf eine übergroße Chiantiflasche auf dem gegenüberliegenden Regal), „beide … ich sage nur: Metodo Napolitano.“

Mit Tränen der Rührung in den Augen nahm ihn Herr Mantonelli in die Arme, küsste ihn auf die Wange und sagte emotional sehr bewegt:

„Jetzt Du biste Glied.“

Günther Schmidter sah ihn fragend an.

„Ah wie sagte man. Also ich meine, du biste jetzt Mitglied von Familie. Bitte Du mich jetzt immer musst nennen Dino.“

„Und ich bin der Günther.“

Die beiden tranken Brüderschaft. Danach wollte Dino Mantonelli wissen, wo Günther Schmidter die ungeliebten Geschäftspartner entsorgt habe.

„Vor einer Bank.“

„Ah Du haste gut aufgepasste. Du auch hast macken bissken Picknick in Stadtpark mit lecker Essen und Trinken und dann Du hast gebuddelt Loch vor Bank und stecken Blödemänner da rein. Sehr gut, bravissiomo!“

„Nein Dino, ich meine eine Bank so wie eine Sparkasse."

Herrn Mantonelli verschlug es vor Hochachtung den Atem. Soviel tollkühne Professionalität im Beseitigen von Geschäftspartnern hatte er dem niederrheinischen Bestatter nun wirklich nicht zugetraut. Zu seinem Kellner gewandt rief er:

„Hey Alfredo, komm mal schnell her, aber ganz pronto."

Alfredo kam an den Tisch der beiden, Herr Mantonelli zeigte auf Günther Schmidter und erklärte seinem Mitarbeiter mit viel süditalienischem Pathos und unter Zuhilfenahme seines umfangreichen gestischen Repertoires:

„Hier Alfredo Du siehst eine ganz, ganz großes Künstler. Diese Mann, meine Freund Günther," Dino Mantonelli legte zärtlich seine Hand auf Günther Schmidters Schulter, „diese Mann hat bekloppte Idiotencousins von diese Sergiodummenkopf ruckzuck mit Metodo Napolitano gemacht ganz ruhig für immer."

Der Pizzabäcker machte nun wieder diese unschöne Handbewegung am Hals.

„Und dann meine liebe Freund Günther hat gemackt Bankenüberfall und lassen diese sauendummen Geschäftspartner einfach in die Bank. Ja, ganz einfach in diese Schalterhalle oder vor die Tresor – lassen einfach da liegen, Klappen zu – Affen tot! Na Alfredo, was Du sagst jetzt? Iste einfach genial. Ich nennen das ganz, ganz große Kunst."

Zu Günther Schmidter gewandt fügte er hinzu:

„Ich Dir sagen was, Günther, mit diese Nummer Du kannst auftreten in Palermo oder in Calabria oder in Napoli – gibte in ganze Mezzogiorno noch nich. Damit Du kommst ganze groß raus."

Mit Tränen in den Augen küsste Dino Mantonelli Günther Schmidter auf beiden Wangen. Danach küsste Alfredo Günther Schmidter auf beide Wangen. Dann küssten sich Dino und Alfredo gegenseitig auf die Wangen.

Die einzigen weiteren Gäste in der Pizzeria, ein älteres Ehepaar, schaute dieser stimmungsvollen Verbrüderungsorgie irritiert zu.

„Was gucken Ihr", schnauzte Herr Mantonelli sie an, „Ihr überhaupt nix verstehen von die große Kunst. Immer nur Pizza und Pasta in die dicken Bauchen fressen und dann geben beschissene Trinkengeld."

Zu Alfredo gewandt ordnete er an:

„Schmeiß raus diese ignorante Pastafresser. Heute wir machen Pizzeria zu und machen kleine Feier mit Günther."

Alfredo zögerte nicht lange und gab dem verängstigten Paar mit einer eindeutigen Geste zu verstehen, dass sie jetzt besser verschwinden sollten. Dann schloss er die Eingangstür ab und ging in die Küche, um zusammen mit dem Koch Vorbereitungen für ein kleines Festmahl zu treffen.

Beschwingt vom guten Chiantiwein fand Günther Schmidter Gefallen an der Vorstellung, sich der beiden Mafiosi bei einem Banküberfall entledigt zu haben. Im Grunde seines Herzen war er ja eigentlich auch ein echter Draufgänger und ein ganz tollkühner Hund, nur hatte das bisher noch niemand so recht bemerkt. In seiner Jugend hatte er sogar mal mit einer linksradikalen militanten Anarchistengruppe geliebäugelt. Aber jetzt war der Zeitpunkt gekommen, wo ein seelenverwandter Mensch, ein wahrer Freund, erkannte, was wirklich in ihm steckte!

So lag es natürlich auf der Hand, den von Dino Mantonelli so schön beschriebenen Banküberfall inclusiv Mafiosientsorgung nicht durch kleinlich korrigierende Bemerkungen kaputt zu reden. Nach drei weiteren Gläsern glaubte Günther Schmidter selbst schon an die Mantonellische Version. Ob er sich vielleicht einen Künstlernamen zulegen sollte, *Don Günthero, der Pate vom Niederrhein*?

Alfredo und der Koch kamen aus der Küche und servierten ein üppiges italienisches Mahl. Der Koch war eigentlich eine Köchin, Dino Mantonelli stellte sie Günther Schmidter vor:

„Das iste meine Mama. Mama, das iste unsere große Künstler Günther."

Es folgte wieder ein heftiges Abküssen zwischen allen Anwesenden. Mamas Küsse waren sehr heftig und fordernd. Günther Schmidter bemerkte eine ungute Ähnlichkeit zwischen Mama und Heidelinde Mörter, auch Mama Mantonelli hatte eine leicht dominante Art und ihr Körperbau war genau so massig wie der von Heidelinde.

Das Essen war gut und reichlich. Man aß, trank, erzählte von Italien, Duisburg, dem Niederrhein, scherzte über dreiste Geschäftspartner, denen man eine ordentliche Lektion erteilt hatte. Kurz, man war bester Stimmung, genoss das Essen und den Wein und freute sich seines Lebens. Gesteigert wurde diese Lebensfreude durch das Bewusstsein, dass diese manchem Geschäftspartner zurecht nicht mehr vergönnt war. Lange nicht mehr hatte Günther Schmidter einen so heiterunbeschwerten Abend verbracht.

Mama Mantonelli bat den Besucher vom Niederrhein, nochmal ausführlich zu erzählen, wie er die Bank ausgeraubt und den dummen Bankern die unverschämten Cousins von Sergio untergejubelt hatte. Beflügelt vom guten Chiantiwein und der heiteren Gesellschaft von Dino, Mama und Alfredo hatte Günther Schmidter nunmehr vollends den tollkühnen Draufgänger in sich entdeckt und ließ sich nicht lange bitten:

„Also gut, hört zu! Wie das so meine Art ist, hatte ich die beiden Cousins ruck zuck mit der Metodo Napolitano zum Schweigen gebracht, weil ich merkte, dass mir die beiden langsam auf die Nerven gingen mit dem dauernden Fragen nach Sergio."

„Du haste ja so recht", pflichtete ihm Dino Mantonelli bei, „diese dummen Arschenfamilie von diese Sergio können nur nerven, immer nur nerven. Iste nich zum aushalten."

„Ja und dann lagen die beiden da so vor mir und dann hab ich kurz überlegt, wie ich die los werde. Erst wollte ich sie im Park verbuddeln, aber dann hab ich mir gedacht: nee Günther, die beiden sind noch zu was Besserem nütze. Hab sie also auf meinen Handwagen gepackt, bin dann in eine Bank, hab sie dann im Kassenraum ausgepackt und gerufen: *alle mal herhören, hatte gerade einen Überfall in der Sparkasse nebenan. Die Beiden hier wollten sich mir in den Weg stellen, ist ihnen nicht gut bekommen. Also jetzt mal alle die Hände hoch und Geld her*. Und dann hab ich mir das Geld genommen und die Beiden im Tausch da gelassen."

Begeistert stürzte sich Mama Mantonelli auf Günther Schmidter und küsste ihn herzhaft. Auch Dino und Alfredo hielten ihre Gefühle nicht zurück und bedachten Günther Schmidter mit innigen Küssen. Emotional nun vollends entfesselt tauschten auch Mama und Alfredo, Alfredo und Dino, Mama und Dino herzliche Küsse aus. Dino Mantonelli stand auf, erhob sein Glas und bat um Gehör für einen Trinkspruch:

„Meine liebe Günther, ich Dir hier versprechen, nächste dumme Geschäftspartner oder blöde Feind von Familie wir bringen gemeinsam zu die Banco. Auf Günther, salute!“

Begeistert von dieser Idee hoben alle ihr Glas und tranken auf das Wohl des unerschrockenen Bankräubers.

„Ach ja Dino, deswegen bin ich ja eigentlich auch hier bei Dir vorbeigekommen, also ich hab da noch zwei in meinem Wagen.“

„Ah, warum Du nich sagen sofort? Iste doch klar, dass ich meine Freund Günther helfen macken weg diese unverschämte Kerle. Sind blöde Geschäftspartnerarschenlöcher oder sind Scheißenfamilienfeinden?“

„Also eigentlich sind die beiden vom BKA.“

„Von die BKA? Oh, oh Günther, ich glaub Du biste ganz, ganz schlimme Finger.“

Dino Mantonelli klopfte ihm respektvoll auf die Schulter. Zu Mama und Alfredo gewandt fuhr er fort:

„Na was haben ich gesagt? Günther iste große Künstler, auch Idiotenbeamten von die BKA sind kein Problem für unsere Günther. Morgen früh wir fahren zu die Banco und macken bissken Bankraub und dann wir legen die eine BKA-Trottel auf die Geldautomat und die andere auf die Kontoauszugsdrucker – no Problemo! Mama, Du kommste mit und mackst Fotos für die Onkel und Tanten in Palermo. Alfredo geh und hol neue Chianti!“

Obwohl Günther Schmidter an diesem Abend den tollkühnen Draufgänger in sich entdeckt hatte, ging ihm Dino Mantonellis Entsorgungskonzept etwas zu weit. Die Picknickvariante im Stadtpark schien ihm doch eindeutig weniger nervenaufreibend.

„Dino, das mit der Bank können wir diesmal nicht machen, denn die beiden BKA-Agenten werden sicher sofort mit mir in Verbindung gebracht und dann sind wir alle ganz schnell hinter Schloss und Riegel."

„Ja claro, Du haste recht. Müssen wir also nochmal ganz traditionelle Metodo Picknick macken. Aber bitte Du mir versprecken, bei die nächste Mal wir macken Metodo Banco."

Erleichtert versprach Günther Schmidter, dass die Bankvariante natürlich auf jeden Fall nachgeholt werde. Dann holten sie gemeinsam mit Alfredo die immer noch recht steif gefrorenen Herren aus dem Bestattungswagen und legten sie auf den Boden der Pizzeria.

Dino Mantonelli untersuchte neugierig die Hälse der Kriminalisten und stellte erstaunt fest, dass die Metodo Napolitano hier offenbar nicht angewandt wurde.

„Wie Du haben bestrafen diese BKA-Polizistenblödemänner?"

„Hab sie im Kühlraum eingeschlossen und dann tiefgekühlt."

„Ah, iste auch sehr gut. Ich würde sagen, wir das nennen *Metodo Schmidter*. Iste wirklich sehr saubere und hygienische Metodo, um Geschäftepartner macken kalt. Iste tipico deutsch, immer schön sauber und ordentlich – aber auch immer bissken kühl. Iste eben andere Mentalität als von uns Italiani. Wir braucken mehr Dramatica, wenn macken Geschäftepartner weg – also wenigstens eine kleine Blutflecken oder kleines Schnitt in die Hals oder in die dicke Bauch, also bissken was für die Auge. Du verstehst?"

Nach einigen weiteren Gläsern Chianti schlug Dino Mantonelli vor schlafen zu gehen, um am nächsten Morgen gut ausgeschlafen zum Picknick im Stadtpark zu fahren. Günther Schmidter konnte in einem Gästezimmer übernachten.

Bevor er zu Bett ging, rief er seine Frau an, um ihr mitzuteilen, dass die Entsorgung der Herren erledigt sei, dass er aber doch noch eine längere Fahrt habe unternehmen müssen, um einen sicheren Platz für die beiden zu finden. Aus diesem Grund werde er unterwegs übernachten, sie solle sich also keine Sorgen machen.

Da Helga Schmidter offenbar schon schlief, sprach er seine Nachricht auf den Anrufbeantworter. Diese Art der Kommunikation mochte er eigentlich nicht, andererseits war er froh, sich jetzt keine Standpauke von seiner Frau anhören zu müssen, dass er ja schon so lange unterwegs sei und dass sie sich furchtbare Sorgen gemacht habe, dass ihm ein Unfall passiert sein könnte und dass sie sein Verhalten einfach nur unverschämt finde und … Allerdings fand er es auch nicht ganz in Ordnung, dass sie seine unerwartet lange Abwesenheit offenbar gar nicht beunruhigte. Dass sie trotz seines möglichen Verkehrsunfalls seelenruhig ins Bett ging und schlief, nahm er ihr schon etwas übel. Darüber müsste er morgen auf jeden Fall nochmal mit ihr reden, ein bisschen mehr Anteilnahme könnte man doch wohl erwarten!

Am nächsten Morgen regnete es trotz der vom Wetterbericht in Aussicht gestellten längeren Schönwetterperiode in Strömen, an ein Picknick war unter diesen Umständen nicht zu denken. Außerdem stand Günther Schmidter etwas unter Zeitdruck, weil er heute noch letzte Vorbereitungen für die Sauerlandtour, die am nächsten Tag beginnen sollte, treffen musste.

Beim Frühstück beratschlagte er mit Dino Mantonelli, wie nun weiter vorzugehen sei. Nach einigem

Nachdenken schlug Herr Mantonelli vor, die BKA-Agenten in den nächsten Tagen, wenn sich die Wetterlage aufgeklärt habe, im Stadtwald zu vergraben. Günther Schmidter brauche sich da keine Sorgen zu machen, er werde das mit Alfredos Hilfe schon hin bekommen. Und wenn er Glück habe, werde Mama für das Picknick sogar noch einen Kuchen backen. Besonders Alfredo sei immer total scharf auf Mamas Kuchen. Wenn er den gegessen habe, grabe er die Löcher für die Geschäftspartner nochmal so schnell.

Günther Schmidter nahm dieses freundliche Angebot von Dino Mantonelli gerne an, bedankte sich für die Gastfreundschaft und verabschiedete sich. Von Dino, Mama und Alfredo bekam er noch viele herzhafte Küsschen und die Ermahnung, dass die Metodo Banco nicht in Vergessenheit geraten dürfe, mit auf den Weg.

15

Als Günther Schmidter nach Hause zurückkehrte, wurde er von seiner Frau mit schweren Vorwürfen empfangen, weil er sich erst so spät in der Nacht bei ihr gemeldet hatte. Schließlich habe er nur mal eben zum Gesundheitsamt fahren wollen, um denen ihre Mitarbeiter zurückzugeben und dann höre sie stundenlang nichts von ihm!

„Entschuldige Helga, Du hast ja recht. Das Gesundheitsamt hatte tatsächlich schon geschlossen und dann hab ich gesucht und gesucht, aber einfach lange keine passende Stelle für die Herren gefunden. Nachdem dann schließlich alles erledigt war, bin ich in ein Gasthaus, hab erstmal was gegessen und dann ganz in Gedanken ein paar Gläschen Wein zu viel getrunken. Da konnte ich unmöglich wieder nach Hause zurückfahren."

Der Tag war für Günther Schmidter mit reichlich Arbeit angefüllt. Für die Sauerlandfahrt mussten noch ein leichtes Zelt, einige Campingutensilien und Proviant beschafft werden. Außerdem wollte er schon mal den Eisanhänger in seine Einzelteile zerlegen und alles im Bestattungswagen verstauen, um am nächsten Tag nur noch den Eiskasten mit Herrn Kleinheisterkamp in den Wagen zu schieben.

Geplant war, dass Siggi Senkelbach mit nach Winterberg kommen sollte, um dort beim Ausladen und dem Zusammenbau des Anhängers zu helfen. Anschließend sollte er mit dem Bestattungswagen wieder zurück an den Niederrhein fahren und seinen Chef dann am Ende der Tour wieder im Sauerland abholen.

Die Demontage des Eisanhängers verlief ohne große Probleme. Rasch hatten Günther Schmidter und Siggi Senkelbach die Räder, die Deichsel und das Baldachindach abmontiert und im Auto verstaut. Das Fahrrad musste nicht in Einzelteile zerlegt werden, es passte aufrecht stehend in den Stauraum.

Günther Schmidter war froh, sich beim Kauf des Bestattungswagens vor ein paar Jahren für ein sehr geräumiges Fahrzeug entschieden zu haben. Notfalls würden dort sogar maximal vier Särge hineinpassen. „Wenn mal viel zu tun ist", hatte er damals bei der Anschaffung des Wagens seiner Frau erklärt, als die seinen Entschluss für ein so großes Auto kritisierte.

Natürlich hatten die Trauerhilfe Abendfrieden bzw. später die Erlebnisbestattungen Abendfrieden bisher nie so viel zu tun gehabt, dass sich diese Anschaffung wirklich rentiert hätte. Mehr als höchstens zwei Särge gleichzeitig hatte Günther Schmidter noch nie transportiert. Aber wie die meisten Männer hatte er einfach Spaß an der Technik und den potenziellen Möglichkeiten, die so ein Auto bot. Die wenigsten Frauen sind in der Lage das nachzuvollziehen, hierfür fehlt ihnen die notwendige technische Sensibilität.

Wohlweislich hatte er seiner Gattin deshalb auch verschwiegen, dass er damals einen V-8-Motor mit gut 250 PS bestellt hatte. Eine Zeit lang hatte er sogar mit dem Gedanken geliebäugelt, den Wagen tiefer legen zu lassen, mit einem schnittigen Heckspoiler auszustatten und dann mit dem Slogan *der schnellste Bestatter vom Niederrhein* zu werben. Siggi Senkelbach war von dieser Idee direkt begeistert, er machte damals den etwas übertriebenen Vorschlag, auch noch Rallyestreifen aufzumalen.

Doch schon bald verwarf Günther Schmidter wieder die Idee von der motorsportlichen Art der Leichenbeförderung. Denn natürlich war ihm als erfahrenem Bestatter auch klar, dass es die meisten Menschen mit dem Tod lieber etwas langsamer angehen lassen. Mit Ausnahme von einigen zur Hektik neigenden Selbstmördern tendiert der Normalsterbliche nicht zur Eile, wenn Gevatter Tod zur letzten Fahrt ins Blaue einlädt.

Aus diesem Grund glaubte Günther Schmidter auch immer fester daran, dass diesen Fast-Tod-Ketten, McGrave und Konsorten, kein langer Erfolg beschieden war. Der Tod als solcher ist ein beschaulicher Zeitgenosse.

Als alles verstaut war, fuhr der Bestatter zu einem Spezialgeschäft für Campingausrüstung in Krefeld. Wie schon erwähnt, waren Campingurlaube eigentlich nicht seine Sache, und so ließ er die etwas zu detailverliebte Beratung des Fachverkäufers für Outdoorequipment nur ungeduldig über sich ergehen.

Der Verkäufer erweckte durch sein leicht arrogant zur Schau gestelltes Fachvokabular, seine drahtig-muskulöse Figur und das sonnengegerbte Gesicht den Eindruck eines Mannes, dem keine Extremexpeditionserfahrung fremd war. Wahrscheinlich war er zwischen einer Mount-Everest-Besteigung, einem Überlebenstraining im Amazonasdschungel und einer Südpoldurchquerung mit dem Hundeschlitten nur mal kurz am Niederrhein vorbeigekommen, um etwas Geld für die nächste Tour zu verdienen und sich erneut zu versichern, dass ein Verkäuferleben in Krefeld für einen Kerl wie ihn das Allerletzte war.

Nachdem er Günther Schmidter die Besonderheiten von annähernd 50 Zelttypen und 120 Schlafsackmodellen, angereichert durch eigene Erfahrungen am Nanga Parbat und in der Atacama, erläutert hatte, fragte er:

„Also soll's mehr für die Tropen, das Hochgebirge oder eher für die Polarregion sein?"

„Fürs Sauerland."

Der Outdoor- und Überlebensfachmann verzog genervt die Augenbrauen.

„Na, wieso sagen Sie das nicht gleich? In so einem Fall reicht natürlich das Zeltmodell Campingglück. Sieht zwar ein bisschen prollig aus, ist aber selbstaufbauend, also auch für den Laien brauchbar."

Selbstaufbauend, so lernte Günther Schmidter, bedeutet, dass man nur einen Verschluss lösen musste und schon faltete sich das unter Spannung stehende Zeltgestell blitzartig auseinander. Der Survivalfachverkäufer war wenig begeistert, als Günther Schmidter den fraglichen Verschlussmechanismus betätigte und das Campingglück sich so energisch entfaltete, dass dabei der Inhalt mehrerer Regale und Verkaufsständer durch die Luft gefegt wurde.

Genervt versuchte der wüsten- und polarerprobte Verkäufer das Campingglück wieder zusammenzufalten – oder, um es in der Expeditionsterminologie zu sagen: *zu bezwingen*. Das Campingglück erwies sich jedoch als eine echte mentale Herausforderung für den Naturburschen. Kurz nachdem er es wieder zusammengefaltet hatte, sprang es jedes Mal wieder mit unbändiger Kraft auseinander und richtete weitere Verwüstung im Laden an. Nach dem zehnten Versuch glich das Geschäft einer indonesischen Küstenlandschaft nach einem Tsunami.

Günther Schmidter wusste nun, weshalb Camping nicht sein Ding war. Gemeinsam studierte er mit dem Outdoormann die Betriebsanleitung. Nach einer beschaulichen Lesestunde fanden sie heraus, dass nach dem Zusammenfalten unbedingt *Nippel b* an *Lasche 7.2* fixiert werden musste, wobei *Splint d* gleichzeitig in *Öse 5* zu schieben war (ohne ihn loszulassen, gegen den Uhrzeigersinn zu verdrehen oder seitlich zu verkanten!), um das Campingglück an einer erneuten Detonation zu hindern. Wahrscheinlich ist es das, was Männer an der Eigernordwand, in den Fluten des Eismeers oder unter der sengenden Wüstensonne zu einer verschworenen Gemeinschaft zusammenschweißt: das Glück, sich Betriebsanleitungen gegenseitig vorzulesen und diese entweder zu verstehen oder gemeinsam unterzugehen.

Nach den Erfahrungen mit dem Campingglück reagierte der Outdoor-Fachverkäufer leicht gereizt, als sein Kunde ihn bat, auch noch den Campingkocher *Magma* auszuprobieren. Mit dem Hinweis auf die unerhörte Heizleistung des Magma lehnte es der Überlebensfachmann ab, diesen innerhalb des Ladenlokals in Betrieb zu setzen.

Statt dessen bot er Günther Schmidter an, im Schlafsackmodell *Kuschelmaus* Probe zu liegen. Dieser Vorschlag schien Günther Schmidter wenig zweckmäßig, eine Liegeprobe in der Kuschelmaus konnte vermutlich wenig Aufschluss über die Qualitäten des Campingkochers geben. Genervt verzichtete er auf weitere Funktionstests, ließ sich Campingglück, Magma und Kuschelmaus einpacken, zahlte und machte sich auf den Heimweg.

16

Früh am nächsten Morgen holten Günther Schmidter und Siggi Senkelbach den Eiskasten mit Herrn Kleinheisterkamp aus der Kühlkammer und luden ihn in den Bestattungswagen. Helga Schmidter hatte den Gast vorher mit zahlreichen Kühlakkus garniert, damit er die Fahrt sozusagen in alter Frische genießen konnte. Nachdem alles verstaut war, machten sich der Bestatter und sein Gehilfe auf den Weg nach Winterberg. Die Sauerlandtour konnte beginnen.

Gegen Mittag erreichten sie den verabredeten Treffpunkt, einen kleinen am Ortsrand gelegenen Campingplatz an einem Bauernhof. Frau Kleinheisterkamp und ihr Sohn waren bereits eingetroffen und hatten schon mit dem Aufbau ihres Zeltes begonnen. Das Wetter war, anders als vom Wetterbericht versprochen, nicht optimal für eine Campingtour. Immer wieder gab es Regenschauer und der Boden des Campinggeländes war aufgeweicht.

Aber auch die miesen Wetterbedingungen konnten die chronisch gute Laune von Frau Kleinheisterkamp offensichtlich nicht beeinträchtigen. Mit den Worten:

„Hallöchen, hatten Sie eine gute Fahrt?" begrüßte sie die beiden Bestatter.

Noch ehe diese antworten konnten, rief sie ihren Sohn herbei, der gerade die letzten Spannleinen des Zeltes mit Heringen am Boden befestigte.

„Egbert komm doch mal her, ich möchte Dir Herrn Schmidter und Herrn Senkelbach vorstellen."

Zu den Bestattern gewandt fuhr sie fort:

„Ich habe meinem Sohn ja schon so viel von Ihnen erzählt. Er kann es kaum erwarten, Sie persönlich kennenzulernen."

Aus Egbert Kleinheisterkamps Reaktion war nicht direkt darauf zu schließen, dass er neugierig darauf war, die niederrheinischen Bestatter kennenzulernen. Oder er konnte seine Emotionen, anders als seine Mutter, sehr geschickt verbergen. Nachdem er noch drei weitere Heringe in den morastigen Boden gedrückt hatte, bewegte er sich gemessenen Schrittes auf sie zu und begrüßte sie mit einem dezenten:

„Tach!"

„Guten Tag Herr Kleinheisterkamp. Freut mich, Sie kennenzulernen. Nochmal mein herzlichstes Beileid zum Tod Ihres Vaters", erwiderte Günther Schmidter und streckte ihm seine Hand hin.

„Kann man nix machen", war Egbert Kleinheisterkamps abgeklärter Kommentar.

Kleinheisterkamp junior, ein Mann von etwa 30 Jahren und zwei Metern Körpergröße, schaute eine Weile unentschlossen auf die zum Gruß hingehaltene Hand. Egbert Kleinheisterkamp pflegte anscheinend nicht nur seine verbalen, sondern auch seine nonverbalen Kommunikationsmittel sehr sparsam einzusetzen. Die fast nicht vorhandene Mimik verlieh ihm einen grüblerisch-stumpfen Gesichtsausdruck. Seine gesamte Erscheinung erweckte den Eindruck, dass er sich gerade mit viel Hingabe auf ein Casting für eine Hauptrolle in einem Frankensteinfilm vorbereitete.

Leicht verunsichert wollte Günther Schmidter seine Hand gerade wieder zurückziehen, als Egbert Kleinheisterkamp sich nun doch noch zu einem Händedruck durchringen konnte, die feingliedrige Bestatterhand ergriff und schraubstockartig drückte. Günther Schmidters Problem war nicht nur die ungeheure Kraft des Händedrucks, sondern auch, dass Egbert Kleinheisterkamp scheinbar kein Gespür für die allgemein übliche mitteleuropäische Händedruckdauer hatte – oder er vergaß schlicht, seine Pranke wieder zu öffnen.

Der Bestatter wollte nicht unhöflich erscheinen, aber nach einer Minute signalisierte ihm seine empfindlich schmerzende Hand, dass ein Ende dieses Begrüßungsrituals nun dringend herbeigeführt werden sollte. Mit den Worten:

„So, dann will ich mal den Wagen auspacken", schickte er sich an, Egbert Kleinheisterkamp zu bedeuten, dass es mit der Händedrückerei seinem Empfinden nach nun langsam mal gut sein könnte.

Indes war Egbert Kleinheisterkamp für solch eher indirekt-subtile Hinweise nicht empfänglich. Als Günther Schmidter versuchte sich umzudrehen, um zum Bestattungswagen zu gehen, hätte er sich um ein Haar den Arm ausgekugelt, da Egbert Kleinheisterkamp anscheinend nicht realisiert hatte, dass nun ein sinnvoller Augenblick gekommen war, um den Händedruck zu beenden.

„Egilein, vielleicht hilfst Du Herrn Schmidter und Herrn Senkelbach, ihren Wagen auszuladen", schlug Frau Kleinheisterkamp vor.

Und so machten sich Günther Schmidter und Egbert Kleinheisterkamp Hand in Hand auf den Weg zum Leichenwagen. Siggi Senkelbach war schon vorausgegangen, um die Ladeklappe zu öffnen. Als er seinen Chef Händchen haltend mit Egilein kommen sah, wunderte er sich zunächst, fand es dann aber sehr professionell, wie einfühlsam Günther Schmidter den Sohn zum Transportbehälter seines verstorbenen Vaters geleitete.

Am Bestattungsfahrzeug angekommen löste Egbert Kleinheisterkamp den Händedruck, und nachdem sich der Bestatter durch allerlei Fingerübungen überzeugt hatte, dass seine gepeinigte Hand widererwarten doch noch funktionsfähig war, begannen die drei Männer den Wagen auszuladen. Den wieder zusammengebauten Eisanhänger schob Siggi Senkelbach neben das Kleinheisterkampsche Zelt. Günther Schmidter und Egbert Kleinheisterkamp trugen die Campingausrüstung auf den Zeltplatz.

Frau Kleinheisterkamp bat darum, sich ihren Gatten kurz anzusehen. Die Bestatter schauten prüfend nah allen Seiten, um sicherzustellen, dass kein anderer Camper in der Nähe war und einen unbefugten Blick auf den leblosen Anhängerinhalt warf. Günther Schmidter entfernte das Vorhängeschloss, mit dem der Deckel gesichert war und Siggi Senkelbach öffnete den Anhänger.

Herr Kleinheisterkamp lag immer noch gut gekühlt und mit nach vorn geklapptem Kopf friedlich in seinem knapp bemessenen Transportbehälter.

„Sieht ja abartig aus“, mäkelte sein Sohn mürrisch und deutete auf die ungewöhnliche Kopfhaltung seines Vaters.

„Aber nein Egilein“, beruhigte ihn seine Mutter, „der Papa ist jetzt in der Halsgegend viel gelenkiger als früher.“

Zu Günther Schmidter gewandt erklärte sie:

„Wissen Sie, Kurt war ja nie ein sportlicher Typ. Also in den letzten Jahren war er direkt ein bisschen steif, möchte ich mal sagen. Hat man ja auch bei dem ungeschickten Pinkelsturz gemerkt. Und da find ich es doch ganz toll, dass er jetzt nochmal ein positives Verhältnis zu seinem Körper entwickeln kann.

Auch dem Egbert hab ich immer wieder gesagt: ‚Junge mach doch mal Sport, Du wirst noch genauso wie Dein Vater'. Als der Egbert zwölf wurde, hab ich ihn bei uns im Sportverein zum Judo angemeldet. Aber ich sag Ihnen, das war ein einziges Fiasko. Weil er eben auch damals schon so steif war, ist er nur wie ein Klotz rumgestanden und hat gewartet, bis ihm sein Judopartner die Hand entgegengestreckt hat. Die hat er sich dann geschnappt und zugedrückt. Und nachdem er drei seiner Sportkameraden die Finger gebrochen hatte, ist er dann aus dem Verein geflogen."

Egbert Kleinheisterkamp, der diese Geschichte wahrscheinlich schon zigmal von seiner Mutter hatte hören müssen, winkte nur ab und fing an, Günther Schmidters Campingausrüstung auszupacken.

Der Bestatter wollte ihn gerade darauf hinweisen, dass er das Campingglück wegen des brisanten Selbstaufbaumechanismus besser nicht anrühren sollte, als Egilein den Sicherungsstift entfernte und das Campingglück das tat, was es am besten konnte: es detonierte mit brachialer Urgewalt.

Unglücklicherweise entlud sich die Kraft des Selbstaufbauzeltes direkt in Richtung eines benachbarten Zeltes eines holländischen Paares, das im fadenscheinigen Schutz der dünnen Stoffhülle den verregneten Tag mit allerlei sexuellen Tändeleien überbrücken wollte.

Jäh unterbrach das Campingglück das erotische Glück der Niederländer. Piet und Annemieke Dijkstra staunten nicht schlecht, als sie noch während eines kühnen Stellungswechsels durch ein Riesenloch in der Zeltwand das reglose Konterfei von Egbert Kleinheisterkamp in ihr Liebesnest stieren sahen und kurz darauf ein lautes „Tach" hörten. Auch diese ungewöhnliche Situation konnte Kleinheisterkamp junior zu keinen weitschweifigeren Äußerungen animieren. Verblüfft entgegnete Herr Dijkstra:

„Goeden Dag!“

Aus dem Hintergrund meldete sich ein vergnügter Siggi Senkelbach, dem die holländischen Töne aus seiner niederrheinischen Heimat wohl vertraut waren:

„Kuck mal Chef, da lieścht Frau Anke aus Holland, die aus der Käsereklame.“

„Nicht Frau *Anke* aus Holland, sondern Frau *Antje* aus Holland“, verbesserte ihn sein Chef.

„Wie, kennen Sie die Frau?“ fragte der Bestattungsgehilfe verdutzt und zeigte auf die fast nackte vermeintliche Käseexpertin.

„Natürlich nicht, Du Dussel! Aber in der Werbung heißt es Frau *Antje*.“

Bei Frau Dijkstra handelte es sich jedoch nicht um die aus der Fernsehwerbung bekannte Frau Antje. Und anders als viele Deutsche glauben, sind auch nicht alle Niederländerinnen stets und in jeder Lebenslage scharf darauf, für den guten holländischen Gouda eine frohe Werbebotschaft an den Mann zu bringen. Insbesondere nicht, wenn sie sich gerade nicht mit Milchprodukten, sondern mit ihrer Sexualität beschäftigen, da ist jeder Gedanke an Gouda äußerst hinderlich.

Aber eigentlich war das nun auch einerlei, da unter den gegebenen Umständen an eine Fortsetzung des Liebesspiels nicht zu denken war. Dafür hatten die Dijkstras den Kopf jetzt einfach nicht mehr frei. Annemieke Dijkstra sah einfach nur noch verstört aus. Denn wenn sie eines nicht ausstehen konnte, war das, beim Sex beobachtet und mit dem falschen Vornamen angesprochen zu werden.

Ihr Mann wollte die Peinlichkeit der Situation wahrscheinlich ein wenig mildern, als er durch das Loch auf den Eisanhänger zeigte und seine Frau fragte:

„Wil je een lekker ijsje?"

„Oh da muss ich leider passen", schaltete sich Günther Schmidter ein, „ der Eisanhänger ist leider leer. Aber vielleicht kann ich Ihnen als Ersatz für den Schaden mein Campingglück anbieten."

„Wat is een Campingchlück?" flüsterte Annemieke Dijkstra Ihrem Mann ins Ohr.

Sie hatte das dumme Gefühl, dass das Campingglück, was immer das auch sein mochte, etwas mit ihrem sexuellen Zeitvertreib zu tun haben könnte.

Frau Kleinheisterkamp schlug vor, das Loch im Dijkstraschen Zelt zunächst mit einer Decke zu verhüllen, damit sich die beiden erstmal in Ruhe anziehen konnten.

Gesagt, getan – schon bald kam das holländische Paar in orangefarbenen, kunstseidenen Jogginganzügen aus seiner Zeltruine geklettert. Man stellte sich gegenseitig vor, Günther Schmidter versicherte, wie unangenehm ihm das Ganze sei und die Dijkstras zogen in das Campingglück.

„Und Sie, Herr Schmidter, schlafen bei Egbert und mir in unserem Hauszelt, da ist Platz genug", entschied Frau Kleinheisterkamp.

Dabei strich sie Günther Schmidter in einer Weise über den Rücken, wie man es von einer frisch verwitweten Frau eigentlich nicht erwartet. An ihre notorisch gute Laune hatte sich der Bestatter ja schon gewöhnt, aber dieser nun deutlich sexualisierte Unterton brachte einen neuen Wesenszug an ihr zum Vorschein, dem er lieber ausgewichen wäre. Scheinbar hatten die Dijkstraschen Körperübungen bei Frau Kleinheisterkamp eine längst verschüttete Libido wieder aufleben lassen. Und unglücklicherweise stand Herr Kleinheisterkamp als Sexualpartner nicht mehr zur Verfügung – obwohl sein sehr beweglicher Hals sicher für manche außergewöhnliche Ferkelei prädestiniert gewesen wäre.

Jedenfalls fand Günther Schmidter es schon einigermaßen herausfordernd, seine erste Campingnacht mit einer lustigen Witwe und einem manischen Händequetscher verbringen zu müssen. Bevor er alle denkbaren Abläufe der kommenden Nacht in einem turbulent-düsteren Horrorszenario zusammenfantasieren konnte, wurde er von Piet Dijkstras Ausruf:

„De Jenever is klaar", aus seinen Albträumereien gerissen.

Herr Dijkstra stand mit einer Flasche Genever vor dem Campingglück und lud alle zu einem Gläschen ein. In Ermangelung stilechter Schnapspinnchen wurden rasch einige Kaffeetassen und Zahnputzbecher zusammengetragen, Herr Dijkstra schenkte reichlich ein, und es folgte ein herzliches gegenseitiges Zuprosten. Auch Siggi Senkelbach beteiligte sich an der munteren Geneververkostung. Angesichts des unverhofften Umtrunks hatte er spontan beschlossen, erst am nächsten Morgen den Heimweg anzutreten und die Nacht im Laderaum des Leichenwagens zu verbringen.

Als ein erneut einsetzender Regenschauer den kostbaren holländischen Fusel zu verwässern drohte, schlug Frau Kleinheisterkamp vor, die gesellige Geneverrunde in ihrem Hauszelt fortzusetzen. Dicht gedrängt machte es sich die ganze Gesellschaft im Kleinheister-kampschen Zelt auf Campingstühlen bequem.

Zur Überraschung und Freude der deutschen Camper führten die Dijkstras einen ganz enormen Genevervorrat mit sich, sodass für reichlich Nachschub gesorgt war. Die Stimmung war gut, alle fühlten sich durch die wohltuende Wirkung des holländischen Destillats recht beschwingt. Günther Schmidter meinte sogar auf Egbert Kleinheisterkamps Gesicht den Anflug eines zarten Lächelns bemerkt zu haben, als seine Mutter nochmal auf die unfreiwillige öffentliche Erotikdarbietung des holländischen Paares zu sprechen kam.

„Und als ich Sie beide dann da plötzlich durch das Loch im Zelt so ganz nackig aufeinander liegen sah, hab ich mich an die früheren Campingurlaube mit meinem Mann erinnert", Frau Kleinheisterkamp kicherte schrill, „ach Gott, war das damals romantisch! Nur was mich damals immer gestört hat, war, dass man dabei auf dem Campingplatz immer so ruhig sein musste. Also ich meine, zum Sex gehört doch auch so'n bisschen Gestöhne, sonst ist das ja so wie in einem Stummfilm ohne Untertitel.

Der Egbert wurde ja bei so einem Campingurlaub gezeugt und manchmal meine ich, dass man ihm das heute noch etwas anmerkt, dass wir dabei damals so still sein mussten."

„So'n Quatsch", war dazu Egbert Kleinheisterkamps sparsamer Kommentar.

„Wo is Ihre Mann denn nu?" wollte Annemieke Dijkstra wissen.

„Ich bin verwitwet, er liegt im Eiswagen", rutschte es Frau Kleinheisterkamp unabsichtlich heraus.

„In het Ijskarretje?" fragte Herr Dijkstra verwundert.

„Nein, nein", schaltete sich Günther Schmidter schnell ein, „das ist nur so eine deutsche Redewendung. Also entweder sagt man: *im kühlen Grab* oder bei Matrosen und bei Seebestattungen heißt es: *im kühlen Nass* und bei Berufskraftfahrern sagt man schon mal: *Er liegt im Eiswagen.*

Egbert Kleinheisterkamp schaute seine Mutter ratlos an:

„Aber Papa war doch Versicherungsvertreter."

Wegen der recht geringen geistigen Beweglichkeit von Kleinheisterkamp junior sah sich Günther Schmidter erneut gefordert die Situation zu retten:

„Ja schon, aber Ihr Herr Papa ist doch quasi bei einem Autounfall um's Leben gekommen, deshalb diese Redewendung mit dem Eiswagen."

Bevor der stieselige Egbert seiner Plauderneigung noch weiter nachgeben konnte, evtl. gar die peinliche Pinkelaktion erwähnte, brachte Günther Schmidter für die holländischen Geneverfreunde seine Version des Kleinheisterkampschen Ablebens zu einem plausiblen Ende:

„Und nachdem wir Herrn Kleinheisterkamp dann zu Grabe getragen hatten, Sie müssen nämlich wissen: ich bin Bestatter, kam Frau Kleinheisterkamp dann auf die Idee, diese Campingtour in Erinnerung an ihren Mann zusammen mit ihren beiden Kindern zu machen."

Erst jetzt fiel Günther Schmidter auf, dass Frau Kleinheisterkamps Tochter gar nicht anwesend war.

„Übrigens wollte Ihre Tochter nicht auch an unserem Ausflug teilnehmen?"

„Ja, eigentlich schon, aber ihr ist ein kleines Malheur passiert. Sie ist gestern Mittag zu mir gekommen und dann kam auch Egbert, die beiden hatten sich schon sehr lange nicht mehr gesehen. Meine Tochter hat sich natürlich riesig gefreut, Egilein mal wieder zu treffen, und dann hat sie vor lauter Freude nicht mehr an seinen kleinen, ich sag mal *Tick* gedacht und hat ihm die Hand gegeben."

„Un jetzt is die Hand ab", lachte Siggi Senkelbach etwas unpassend.

„Nein, aber sie musste leider eingegipst werden."

Um die nun ein wenig betretene Stimmung wieder aufzulockern, schenkte Herr Dijkstra eine neue Runde Genever ein.

Die erste Nacht auf dem Campingplatz war für Günther Schmidter viel entspannter verlaufen als zunächst befürchtet. Die durch den Genevergenuss bemerkenswert enthemmte Frau Kleinheisterkamp hatte sich an Siggi Senkelbach rangemacht, die beiden hatten sich dann irgendwann in den Laderaum des Bestattungswagens verzogen, wo der Bestattungsgehilfe jedoch umgehend einschlief und für weitere erotische Annäherungsversuche unbrauchbar war.

Auch Egbert Kleinheisterkamp hatte der holländische Schnaps frühzeitig lahmgelegt. Als Günther Schmidter im Verlauf der Nacht die Kuschelmaus verließ, um die Toilette aufzusuchen, bemerkte er, wie der neben ihm liegende Egbert im Schlaf offenbar nach imaginären Händen griff. Beunruhigt von Egileins Grapscherei drückte der Bestatter ihm einen Hering in die Hand. Zufrieden umklammerte Kleinheisterkamps Pranke das Metallteil und formte es zu einer kleinen Kugel.

Morgens gegen halb sieben wurde Günther Schmidter von Frau Kleinheisterkamp behutsam geweckt:

„Guten Morgen Herr Schmidter, entschuldigen Sie bitte die frühe Störung. Ich hab da ein kleines Problem, könnten Sie mal eben mit raus vor das Zelt kommen."

Benommen kletterte er aus der Kuschelmaus. Nebenan schlief Egbert Kleinheisterkamp immer noch tief und fest, von dem massiven Hering in seiner Grapschhand waren nur noch einige kleine Brösel übrig geblieben.

Als Günther Schmidter aus dem Zelt kam, blickte er auf einen herrlichen Sonnenaufgang. Die Regenwolken hatten sich verzogen, ein strahlend blauer Himmel versprach einen wunderschönen Tag, einer entspannten Fahrradtour stand nichts mehr im Wege.

Ein Blick in Richtung Eisanhänger klärte ihn jedoch umgehend darüber auf, dass auch dieser Tag ernsthafte Herausforderungen bereithielt. Herr Kleinheisterkamp senior hatte nämlich seine Liegestatt verlassen und saß mit schief hängendem Kopf vor dem Eiswagen im Gras.

„Das ist mir wirklich unangenehm Herr Schmidter", erklärte Frau Kleinheisterkamp dem sprachlosen Bestatter, „aber als ich heute Nacht neben dem schnarchenden Herrn Senkelbach lag, wollte ich plötzlich unbedingt nochmal meinen Mann sehen. Denn Ihr Mitarbeiter hat wirklich genauso geschnarcht wie Kurt. Also erst so ein lang gezogenes röchelndes Trompeten beim Einatmen, dann ein paar Minuten überhaupt kein Ton, dass man denkt, er ist tot und dann plötzlich einen bellenden Knaller beim Ausatmen.

Ich hab dann den Eiswagen geöffnet und irgendwie ist er dabei umgekippt und Kurt lag auf der Wiese. Dann hab ich erstmal den Anhänger wieder richtig hingestellt und Kurt davor gesetzt. Nun krieg ich ihn aber allein nicht mehr rein und der Herr Senkelbach ist einfach nicht wach zu bekommen."

„Nützt alles nichts, da muss ich den Siggi doch erstmal wecken, allein schaff ich das auch nicht."

Der Bestatter machte sich auf den Weg zum Parkplatz vor dem Campingplatz, um seinen dort im Bestattungswagen ruhenden Mitarbeiter aufzuwecken.

Währenddessen wollte sich Frau Kleinheisterkamp ein wenig nützlich machen und hatte vor, auf dem kleinen freien Platz zwischen dem Campingglück und ihrem Hauszelt einen Kaffee zu kochen.

Während der Vorbereitungen meinte sie aus dem Campingglück den einen oder anderen gedämpften erotischen Stöhner zu vernehmen. Oh wie beneidete sie das holländische Paar – ja, so jung müsste man nochmal sein! Auch Kurt Kleinheisterkamp schien mit seinem zur Seite geklappten Kopf interessiert auf die Dijkstrasche Behausung zu starren, wo scheinbar allerhand los war. Und wenn man ihn so dasitzen sah, hätte man denken können, dass auch er angesichts der niederländischen Körperübungen mit seinem Alter haderte und geradewegs in eine ordentliche Midlifekrise schlidderte. Aber höchstwahrscheinlich bewahrte ihn sein mortaler Zustand vor einer solchen Krisensituation.

Der einzige Campingkocher, den Frau Kleinheisterkamp finden konnte, war das von Günther Schmidter im Expeditionsladen erworbene Modell Magma. Entschlossen betätigte sie den Zündmechanismus. Und dann passierte das, wovor der Outdoor-Fachverkäufer gewarnt hatte: mit einer enormen Stichflamme, die jedem irakischen Selbstmordattentäter zur Ehre gereicht hätte, wechselte der Magma vom Ruhe- in den Betriebszustand. Hierbei fing das Campingglück Feuer und die Zelthülle rund um das holländische Paar brannte blitzschnell ab.

Da sich Piet und Annemieke Dijkstra genau in der Mitte des Zeltes sehr kompakt in fester Umklammerung aufhielten, trugen sie glücklicherweise keine Brandverletzungen davon. Der psychische Schaden, den die beiden Erotikliebhaber aus dem Lande der Grachten und Windmühlen erleiden mussten, war jedoch nicht von schlechten Eltern. Denn wie es der Zufall wollte, wurden sie wie am vorigen Tag genau in dem Moment zu einer unfreiwilligen öffentlichen pornografischen Darstellung genötigt, als sie den kühnen Stellungswechsel, der schon am Vortag so gründlich in die Hose gegangen war, nochmal in aller Ruhe und mit viel Liebe zum Detail einstudieren wollten.

Völlig überrumpelt von den Ereignissen fiel Frau Kleinheisterkamp nichts anderes ein, als den entblößten holländischen Nachbarn zuzurufen:

„De Koffie is klaar."

Annemieke Dijkstra stand der Sinn momentan jedoch nicht nach einem Tässchen Kaffee. Als sie wie gelähmt Hilfe suchend umherschaute, fiel ihr Blick auf Kurt Kleinheisterkamp, der drei Meter entfernt noch immer im Gras saß und ohne jede erkennbare emotionale Beteiligung mit schiefem Kopf und starrem Blick die misslungene Erotikdarbietung betrachtete.

Obwohl unseren niederländischen Nachbarn ein recht unverkrampftes Verhältnis zum Sex nachgesagt wird, ging dieser penetrante Voyeurismus Frau Dijkstra entschieden zu weit. Durch den Stress verklemmte sich bei den holländischen Campingfreunden irgendetwas und die beiden waren nicht nur nicht mehr zu einem sauberen Stellungswechsel in der Lage, sondern konnten noch nicht einmal in Würde voneinander loskommen.

Inzwischen war es Günther Schmidter gelungen, seinen Mitarbeiter aufzuwecken. Als die beiden Bestatter zurück auf den Zeltplatz kamen, bot sich ihnen ein absurdes Bild: Kurt Kleinheisterkamp und seine Frau saßen bzw. standen vor dem abgefackelten Campingglück und starrten reglos auf das ineinander verkeilte Ehepaar Dijkstra, während dieses versuchte, durch ruckartige Bewegungen wieder ein solches Maß an individueller Bewegungsfreiheit zu erlangen, das es ihnen erlaubte, ihre Erotikvorführung zu beenden.

Im Laufe der Zeit fanden sich immer mehr Camper ein. Dankbar dafür, dass hier im Sauerland endlich mal ordentlich was los war, nahmen sie diese willkommene Abwechslung auf ihrem morgendlichen Weg zum Brötchenservice gerne an. Dass auch einige Kinder diese eigentlich nicht jugendfreie Vorstellung interessiert verfolgten, schien niemanden zu stören. Die meisten Campingfreunde kamen nämlich aus den Großstädten an Rhein und Ruhr und waren froh, dass ihre Sprösslinge hier auf dem Land durch den Anblick von munter kopulierenden Schafen, Schweinen und Rindern ohne peinliche Erklärungen auf natürliche Art aufgeklärt wurden. Möglicherweise war die Dijkstrasche Vorführung also ein besonderer Service des örtlichen Tourismusvereins für Familien mit Kindern – der anspruchsvolle Feriengast verlangt heutzutage eben mehr als nur gute Luft und schöne Landschaft.

Trotz sehr kräftiger Ruckbewegungen und obwohl die versammelte Camperschaft die Dijkstras mit begeisterten Hau-Ruck-Rufen zu körperlicher Höchstleistung anfeuerte, gelang die Trennung nicht. Günther Schmidter entschied, die holländischen Pechvögel mit dem Bestattungswagen ins nächste Krankenhaus zu fahren, um dort dem Dijkstraschen Treiben ein medizinisches Ende zu setzen.

Als er den Leichenwagen vor die Reste des verkohlten Campingglücks rangierte, ging ein bestürztes Raunen durch die Campergemeinde – dass sich das sympathische holländische Paar bei seinen engagierten

Leibesübungen im Dienste der Tourismusförderung derart verausgabt hatte, dass nur diese traurige Alternative blieb, hatte man nicht erwartet.

Eine Mutter aus Oer-Erkenschwick erkannte immerhin den pädagogischen Wert dieses tragischen Endes und wies ihre Jüngsten mit mahnenden Worten und erhobenem Zeigefinger darauf hin, dass so was dabei rauskommt, wenn man so was macht.

Günther Schmidter bat Piet und Annemieke Dijkstra, für einen Moment mit dem Rucken aufzuhören. Dann verhüllte er sie mit einer Decke und lud sie mit Siggi Senkelbachs Hilfe in den Leichenwagen. Mehrere Camper warfen noch einen letzten Blick auf das verhüllte Paar, das eben noch putzmunter dem Geschlechtstrieb frönte und nun scheinbar seinen letzten Weg in Schmidters Bestattungswagen antrat.

„Da zuckt noch was", rief einer der Camper und zeigte auf die jetzt wieder rhythmisch ruckende Fracht auf der Ladefläche.

Aber Günther Schmidter war viel zu beschäftigt, um diesem Hinweis Gehör zu schenken. Er schloss die Ladeklappe des Leichenwagens und gab Siggi Senkelbach kurz einige Instruktionen:

„Fahr Du mit den beiden ins nächste Krankenhaus, irgendwie wird man sie da schon wieder auseinanderkriegen, notfalls vielleicht mit einem Flaschenzug. Ich bleib hier und packe mit Egbert Kleinheisterkamp seinen Vater in den Eiswagen."

Siggi Senkelbach versprach, gleich loszufahren, musste vorher aber noch einem dringenden menschlichen Bedürfnis nachkommen. Denn während der Genever auf sein Hirn sedierend gewirkt hatte, löste der Schnaps in seinen Därmen eine hektische Betriebsamkeit aus.

Vor dem Toilettenhäuschen hatte sich eine Schlange gebildet, viele Campingfreunde hatten das Bedürfnis, das frühmorgendliche Erotikspektakel erstmal in aller Ruhe zu verdauen. Und so blieb dem Bestattungsgehilfen nichts anderes übrig, als sich hinten anzustellen und brav zu warten.

Günther Schmidter kroch derweilen ins Hauszelt, um Egbert Kleinheisterkamp zu wecken. Der schlief immer noch unschuldig wie ein Kind und hatte von dem ganzen Trubel draußen nichts mitbekommen.

„Guten Morgen Herr Kleinheisterkamp. Könnten Sie mir bitte helfen, Ihren Vater in den Eiswagen zu legen?"

„Tach."

Nachdem er sich diesen Morgengruß abgerungen hatte, drehte sich Kleinheisterkamp junior wieder um und schien seinen Schlaf fortsetzen zu wollen. Dass sich sein Vater außerhalb seines Transportbehälters befand, schien ihn nicht ernstlich zu beschäftigen. Anfassen mochte ihn Günther Schmidter nicht, denn ein erneuter Kontakt mit Egileins Pranken hätte tragisch enden können. Also verließ der Bestatter das Hauszelt, um Frau Kleinheisterkamp zu bitten, ihren Sohn zum Aufstehen zu bewegen.

Vor dem stoisch im Gras ausharrenden Kurt Kleinheisterkamp hatte sich eine kleine Campergruppe versammelt. Vermutlich handelte es sich um die, welche ihr Verdauungsgeschäft bereits erfolgreich hinter respektive unter sich gebracht hatten und jetzt wieder einen freien Kopf für das soziale Geschehen auf dem Campinggelände hatten.

Ein stämmiger Mittfünfziger aus Gelsenkirchen hockte neben Herrn Kleinheisterkamp und fühlte ihm den Puls. Ein anderer Camper rief aufgeregt nach einem Arzt.

„Da brauchen wir keinen Arzt mehr", stellte der Gelsenkirchener nüchtern fest, „der Kollege hat keinen Puls mehr und is schon so kalt wie ein Nackensteak nach drei Tagen Kühlhaus. Ich kenn mich da aus, ich bin Metzger."

Die Anwesenden einigten sich darauf, dass der tragische Tod des unbekannten Campingfreundes auf einen Herzanfall angesichts der holländischen Rucknummer zurückzuführen sein musste. Dass der menschliche Körper aber derart schnell auskühlen konnte, fand man schon bestürzend – die Morgenstunden im Hochsauerland können eben ganz schön frisch sein. Und wer weiß, wie lange der Herr mit dem nachdenklich hängendem Kopf den Dijkstras bei ihrem Treiben schon zugeschaut hatte?

„Ich würde sagen, den packen Sie auch mit in Ihren Leichenwagen, da is ja noch Platz drin, is dann ein Aufwasch", riet der pragmatisch denkende Metzger.

Günther Schmidter beriet sich kurz mit Frau Kleinheisterkamp und schlug ihr vor, dem Rat des Herrn aus dem Ruhrgebiet fürs Erste zu folgen. Herrn Kleinheisterkamp vor den Augen der versammelten Camperschaft in den Eisanhänger zu laden, hätte doch sicher wieder zu viel Verwirrung geführt. Sie war einverstanden und man beschloss, sich später in Ruhe zu überlegen, wie die Sauerlandtour fortgesetzt werden könnte.

Inzwischen hatte Siggi Senkelbach seine durch den Genever verursachten Verspannungen auf der Toilette in einer furiosen Entladung abgebaut. Sein Chef instruierte ihn über die neue Sachlage und die beiden Bestatter legten Herrn Kleinheisterkamp neben Piet und

Annemieke Dijkstra, die unter der Decke immer noch mit dem Mut der Verzweifelten weiterruckten.

Gerade hatte das holländische Paar den Eindruck, dass sich die Verspannung ein wenig löste, da verrutschte die schützende Decke ausgerechnet in Höhe von Annemiekes Kopf und die Niederländerin schaute geradewegs in das nur 30 Zentimeter entfernte Gesicht von Herrn Kleinheisterkamp. Der ernste Blick des Mannes aus der Eifel wollte ihr scheinbar sagen: ‚Für so eine Sauerei fehlen mir einfach nur die Worte' und erzeugte bei Frau Dijkstra erneut so ein dummes Gefühl des Sichbeobachtetfühlens. Sie hatte schon mehrere Fernsehberichte über sogenannte Stalker gesehen – dass sie selbst jedoch einmal Opfer eines solchen Perverslings sein würde, hätte sie sich jedoch nicht albträumen lassen. Mit der Entspannung war es deshalb augenblicklich wieder Essig.

Piet Dijkstra, der Herrn Kleinheisterkamp noch nicht bemerkt hatte, rügte den mangelnden Kooperationswillen seiner Frau und drohte damit, sämtliche Ruckbemühungen einzustellen, wenn sie nicht etwas mehr Engagement für ihr gemeinsames Loslösungsprojekt zeige.

Als Siggi Senkelbach nach einiger Sucherei ein Krankenhaus gefunden hatte, wurde er dort vom Pförtner zunächst zur Leichenaufbewahrungskammer gelotst. Obwohl sich der Bestattungsgehilfe in dieser vertrauten Umgebung sofort heimisch fühlte, war ihm schnell klar, dass den Dijkstras hier nicht optimal geholfen werden konnte. Er drehte noch einige Runden auf dem Krankenhausgelände, dann sah er die Rampe, wo die Notfallpatienten direkt vom Krankenwagen zum OP gebracht werden konnten.

Dem zuständigen Pfleger erklärte er unnötigerweise, dass sein Fahrzeug eigentlich kein Krankenwagen sei, dass aber auf der Ladefläche trotzdem ein Notfall liege, dem dringend geholfen werden müsse. Außerdem erkundigte er sich nach dem nächstgelegenen WC, da er spürte, dass seine Därme durch die Genever-Überreizung wieder auf schleunige Entleerung drängten. Der Pfleger zeigte ihm den Weg zur Toilette und versicherte, dass er sich sofort um die Versorgung des Notfalls im Bestattungsfahrzeug kümmern werde.

Siggi Senkelbach verschwand zum Ort der Erlösung. Der Krankenpfleger öffnete die Ladefläche und brachte zusammen mit einem Kollegen Herrn Kleinheisterkamp in den Operationssaal. Das Paar unter der Decke blieb unbemerkt, da Piet Dijkstra frustriert aufgehört hatte zu rucken und Ehefrau Annemieke sowieso zu keiner Bewegung mehr in der Lage war.

Als der Bestattungsgehilfe gut gelaunt von der Toilette zurückkam, hörte er aus Richtung des OP einen Schwall derbster Flüche. Der diensthabende Unfallchirurg beschwerte sich laut krakeelend, dass es eine bodenlose Unverschämtheit sei, was man da von ihm verlange. Da mache er schon seit 36 Stunden ohne Unterbrechung den Notfalldienst, könne sich überhaupt nur mit Unmengen Wodka einigermaßen wach halten und dann erwarte man von ihm eine Notoperation an einem Kerl, der mindestens schon seit einer Woche auf Eis liege.

Und außerdem: in so einen abartig ausgeleierten Hals müsse er mindestens zehn Titanschnellverschlussbolzen einsetzen, das gäbe wieder Stress ohne Ende mit der Krankenkasse. Die würden sicher nur zwei Bolzen bewilligen, dann müsse er die anderen sieben wieder rausholen und dieser verfluchte Kopf hinge wieder genauso bescheuert in der Gegend rum wie vorher.

„Acht Bolzen müssten sie dann wieder rausholen", korrigierte einer der Pfleger, weil allgemein bekannt war, dass der Notfallchirurg nach einem Wodka zu viel schon mal das eine oder andere Teil im Patienten liegen ließ.

Nach diesem gut gemeinten Hinweis explodierte der Mediziner nun vollends. Kleinlaut bemühten sich die Pfleger, den aufgebrachten Herrn Doktor zu beruhigen und schoben Kleinheisterkamp zurück in den Leichenwagen.

Siggi Senkelbach versuchte die genervten Pflegekräfte aufzumuntern:

„Nee, dat mit dem Herrn Kleinheisterkamp jeht schon voll in Ordnung so, macht Eusch da mal keinen Kopp wejen dem seinen Hals. Isch sach immer: entweder et läuft oder et läuft nisch. Un mit dem Hals läuft et eben nisch. Da steckt man eben nisch drin, irjendwann muss ja auch mal Schluss sein. Aber isch hätte da noch eine andere Bitte."

Mit diesen Worten zog er die Decke von dem holländischen Paar.

„Die beiden hängen schon ein paar Stunden aufeinander un haben da jetzt eijentlisch jarkeinen Spaß mehr dran. Also wenn Ihr die irjendwie auseinanderkrijen könntet, fänd isch dat janz super."

Die Pfleger zogen es vor, den cholerischen Notarzt nicht mit diesem Problem zu behelligen, sondern selbst an Ort und Stelle die entsprechenden Notfallmaßnahmen einzuleiten. Sie kletterten auf die Ladefläche, einer griff Annemieke Dijkstra unter die Achseln, der andere schnappte sich Piets Füße und mit einem beherzten Ruck waren die Dijkstras wieder freie Menschen.

Günther Schmidter hatte sich mit Frau Kleinheisterkamp in das Hauszelt gesetzt, um in Ruhe zu überlegen, wie die Sauerlandtour nach diesem turbulenten Beginn weitergehen könnte. Auch Egbert Kleinheisterkamp war zwischenzeitlich aufgewacht und beteiligte sich noch im Schlafsack liegend an den Planungsüberlegungen. D.h., in seiner wenig weitschweifenden Art stellte er lediglich klar:

„Hab keinen Bock mehr, will nach Hause."

Seine Mutter hatte dafür Verständnis, denn ihr Sohn war selbstständig und jeder Tag, den er nicht in seinem Betrieb war, bedeutete für ihn eine finanzielle Belastung. Interessiert erkundigte sich Günther Schmidter nach der Branche, in der Kleinheisterkamp junior tätig war.

„Meisenknödel", war die ebenso knappe wie präzise Antwort.

„Aha. Und davon kann man leben?"

Seit der Teilnahme an Herrn Lampes Seminar war Günther Schmidter immer neugierig auf Erfolg versprechende neue Geschäftsideen. Frau Kleinheisterkamp erklärte dem Bestatter stolz, dass ihr Sohn einer der letzten, wenn nicht gar der letzte Hersteller von handgefertigten Meisenknödeln in ganz Deutschland sei. Allerdings verschwieg sie, dass Egileins Meisenknödel nahezu unverkäuflich waren, da er sie so kraftvoll zusammenpresste, dass bisher noch jede Meise beim Versuch der Futteraufnahme kläglich daran gescheitert war. Ein erboster Kunde hatte sich deshalb bereits an den Tierschutzverein gewandt.

Wie Günther Schmidter später einmal von Frau Kleinheisterkamp erfuhr, hatte ihr Sohn Egbert nach der Schule zunächst jahrelang erfolgreich als Türsteher vor Diskotheken und Nachtklubs gearbeitet. Mit der

Zeit hatte er seinen damaligen Beruf jedoch etwas zu gewissenhaft ausgeübt und schließlich niemanden mehr in die Lokalitäten eingelassen. Wenn seine jeweiligen Chefs ihn auf seine wenig flexible Arbeitsweise ansprachen, erlebte Egbert Kleinheisterkamp das als einen Angriff auf seine Berufsehre. Da konnte er dann richtig grantig werden. Mit dem Satz: „Da kommt mir keiner mehr rein, solange ich hier stehe", beendete er jegliche Diskussion über sein Verständnis des Türsteherhandwerks.

Dieses hohe Berufsethos erwies sich für seine Karriere als nachteilig. Er verlor einen Türsteherjob nach dem anderen und schließlich blieb nur der Gang zur Arbeitsagentur, um sich dort nach neuen Perspektiven zu erkundigen. Der Arbeitsberater fand unter Zuhilfenahme eines hundertdreißigseitigen Fragebogens heraus, dass Egbert Kleinheisterkamp über ein sehr spezielles Fähigkeitsprofil verfügte, das sich allerdings darin erschöpfte, wenig zu reden und fest zuzudrücken.

Der Berater gab Egbert Kleinheisterkamps Profil in den Computer ein und nach einer halbstündigen Rechenzeit druckte dieser den optimalen Beruf für Kleinheisterkamp junior aus: Meisenknödelformer. Ein echter Bedarf an Meisenknödelformern war zwar seinerzeit am bundesdeutschen Arbeitsmarkt nicht feststellbar, aber Egbert Kleinheisterkamp bekam anstandslos eine dreijährige Umschulung an der Berufsakademie für das Knödelwesen in Bad Krotzingen bewilligt.

Danach machte er sich selbstständig und hatte seitdem bereits schätzungsweise 450 Tonnen Meisenknödel hergestellt, die er in einer angemieteten Halle lagerte.

Nach einer kurzen Erörterung der Lage schlug Frau Kleinheisterkamp vor, die Sauerlandtour zu beenden.

Gut gelaunt wie immer stellte sie fest, dass der Ausflug zwar recht kurz war, dass sie und ihr Mann aber in dieser Zeit soviel erlebt hatten, wie früher in drei Wochen nicht. Diese schönen Erfahrungen könne ihr niemand mehr nehmen und jetzt sei ein guter Zeitpunkt für die Beerdigung ihres Gatten gekommen.

Günther Schmidter unterstützte sie in ihrem Entschluss. Erstens weil er diesen Campingaufenthalt gründlich satthatte, und zweitens weil Herr Kleinheisterkamp wegen der unterbrochenen Kühlung in einer physischen Verfassung war, die einen unbeschwerten Campingaufenthalt in Frage stellte.

Um nicht vollkommen unbekleidet den Rückweg zum Campingplatz antreten zu müssen, bekamen die Dijkstras nach ihrer erfolgreichen Trennung Krankenhausnachthemden geliehen. Annemieke Dijkstra wehrte sich ganz entschieden dagegen, nochmal im Laderaum neben dem reglosen Spanner Platz zu nehmen. Auch ihrem Mann war Herrn Kleinheisterkamps Gesellschaft eher unangenehm, also quetschten sich die Beiden zusammen auf den Beifahrersitz des Bestattungswagens.

Wieder auf dem Campinggelände angekommen, erregte das holländische Paar erneut einiges Aufsehen. In ihren weiten, nur bis knapp über die Knie reichenden und hinten offenen Krankenhauskittelchen erschienen die Dijkstras den anderen Campern wie Geister, die gerade der Gruft respektive dem Leichenwagen entstiegen waren. Waren die niederländischen Erotikliebhaber dem Sensenmann also nochmal von der Schüppe gesprungen und hatten nichts Besseres zu tun gehabt, als sich sofort neue Reizwäsche (mit einem Schlitz auf der Rückseite!) zu besorgen, um ihr unzüchtiges Treiben fortzusetzen?

Dem Campingplatzbesitzer, einem sauerländischen Landwirt von streng katholischer Wesensart, ging das alles entschieden zu weit. Holländische Urlauber waren ihm stets willkommen, solange sie korrekt die Platzmiete zahlten und ruhig und gesittet ihren Genever verzehrten. Aber dieses Paar aus dem Goudaland hatte seine Toleranzschwelle eindeutig überschritten. Freundlich, aber bestimmt forderte er sie auf, sich ein neues Urlaubsquartier zu suchen.

Die Dijkstras selbst hatten auch schon mit dem Gedanken gespielt, ihren Urlaub vorzeitig abzubrechen und den Rest der Urlaubskasse in eine Paartherapie zu investieren. Sie packten die Überreste ihres Campingzubehörs, die nicht zusammen mit dem Campingglück in Rauch aufgegangen waren, schenkten Siggi Senkelbach die letzten Genevervorräte und fuhren nach Hause.

Während der Bestattungsgehilfe den Bestattungswagen für die Rückfahrt startklar machte, telefonierte Günther Schmidter mit dem zuständigen Friedhofsamt in der Eifel, um einen möglichst raschen Beerdigungstermin für Herrn Kleinheisterkamp zu buchen.

Mit Frau Kleinheisterkamp verabredete er, ihren Gatten bis zur Beerdigung nochmal in seinem Kühlraum zwischenzulagern. Den Eisanhänger schenkte der Bestatter dem Campingplatzbesitzer.

Epilog

Nach dem aufregenden Campingaufenthalt war Günther Schmidter froh, dass Herrn Kleinheisterkamps Bestattung in aller Stille vonstattenging. Die Beisetzungsfeierlichkeiten waren sehr traditionell gehalten und Kurt Kleinheisterkamp konnte nun endlich seine wohlverdiente ewige Ruhe genießen.

D.h., ein wenig Lärm musste er vorher doch noch über sich ergehen lassen. Frau Kleinheisterkamp und ihr Sohn hatten nämlich die Idee, den Trauergästen am Grab statt des üblichen kleinen Blumengebindes oder einer Schaufel mit Erde, handgefertigte Meisenknödel zur Verfügung zu stellen, die sie dem Verstorbenen als letzten Gruß auf den Sarg werfen konnten. Sie versprachen sich von dieser Variante eine sehr persönliche Note, außerdem konnte so ein Teil der unverkäuflichen Knödel entsorgt werden.

Leider hatten sie aber nicht bedacht, dass die steinharten Meisenknödel einen Höllenlärm verursachten, wenn sie auf den Sarg trafen. Statt des erhofften stillen Gedenkens beim letzten Knödelwurf ging dieser Teil der Beisetzungsfeier in einem ohrenbetäubenden Geballere und Geknalle unter.

Besonders Kurt Kleinheisterkamps Großneffe, der kleine hypermotorische Kevin Schmitz, tat sich dabei als Ruhestörer ersten Ranges hervor. Mit einer ganzen Salve Meisenknödel versuchte er das Sargkreuz am Kopfende des Erdmöbels zu zerdeppern und musste von seiner Mutter mit einer deftigen Ohrfeige an den Ernst der Situation erinnert werden.

Durch die Erfahrungen mit den ersten Erlebnisbestattungen kamen Günther und Helga Schmidter zu dem Schluss, dass diese neue Dienstleistung auch für gestandene Bestatter eine echte Grenzerfahrung bedeutete. Die Touren mit Winni Mörter und Herrn Kleinheisterkamp wollten erstmal seelisch erstmal verarbeitet werden. Und so beschlossen die Schmidters, diese Geschäftsidee für's Erste ruhen zu lassen und nach Möglichkeiten zu suchen, den Leichentourismus in Zukunft etwas geruhsamer zu gestalten.

Als schöner Erfolg konnte auf jeden Fall verbucht werden, dass die geballten Werbemaßnahmen der Erlebnisbestattungen Abendfrieden den verhassten Konkurrenten McGrave offenbar stark verunsichert hatten. Der Filialleiter des benachbarten Bestattungsdiscounters fürchtete schon, bald sinkende Marktanteile an die Zentrale melden zu müssen. Um dem Werberummel der Schmidters nicht tatenlos zuzusehen und McGrave wieder zu mehr öffentlicher Beachtung zu verhelfen, kam er auf die Idee, als neuen Service von McGrave auch Tierbestattungen zu Discountpreisen anzubieten.

Dieser innovative Geschäftszweig lief zunächst auch gut an, erlitt dann jedoch durch einen Sabotageakt einen herben Rückschlag. Siggi Senkelbach kam nämlich eines Abends, nachdem er mit ein paar Kumpeln die restlichen Genevervorräte der Dijkstras weggeschluckt hatte, auf die Schnapsidee, bei Nacht und Nebel in die Geschäftsräume von McGrave einzusteigen, um dort mal für ein bisschen Chaos zu sorgen. Als er dann jedoch zu nächtlicher Stunde im Geschäft des Konkurrenten stand, war sein Übermut bereits verflogen und er bekam arge Gewissensbisse. Deshalb begnügte er sich damit, lediglich einen kleinen Scherz zu veranstalten, indem er einige Leichname in ihren Särgen vertauschte.

Wie sich später zeigte, entwickelte sich dieser kleine Schabernack für McGrave allerdings zu einem echten Problem. Denn Siggi Senkelbach hatte sich scherzeshalber die kleine Freiheit erlaubt, auch die sterblichen Überreste einiger Haustiere, die im Kühlraum des Discountbestatters auf ihre Beerdigung warteten, in seine muntere Tauschaktion mit einzubeziehen.

Als die Gebrüder Peinemann am nächsten Tag nochmal einen letzten Blick auf ihren verstorbenen Erbonkel Alois werfen wollten, waren sie einigermaßen entsetzt, dass sich der gute Onkel Alois über Nacht in einen Rottweilerrüden verwandelt hatte. Und die Bestattung von Frau Oberstudienrätin im Ruhestand, Else Müller-Quast, musste kurzfristig verschoben werden, da der Leichnam im Müller-Quastschen Sarg weniger an eine Oberstudienrätin im Ruhestand, als vielmehr an ein Streifenhörnchen erinnerte.

Der Ruf der örtlichen McGrave-Niederlassung war ruiniert und der Filialleiter verlor seinen Job.

Die Dijkstras ließen sich nach fünf wenig erfolgreichen Ehetherapien scheiden. Piet Dijkstra verdiente später viel Geld mit einem von ihm entwickelten Instantgenever in Pulverform für den Campingfreund. Seine Ex-Frau zog mit dem Ehetherapeuten zusammen und bot mit ihm Ruckkurse für trennungswillige Paare an.

Der Eisanhänger stand zwei Jahre lang sehr dekorativ am Eingang des Campingplatzes. Im Sommer verkaufte der Eigentümer des Campinggeländes daraus Eis an die Feriengäste. Dieses schöne Zubrot fand jedoch ein jähes Ende, als eine italienische Urlaubergruppe aus dem Ruhrgebiet ihre Zelte auf dem bäuerlichen Campinganwesen aufschlug.

Die Platzordnung, die jedem Gast schriftlich ausgehändigt wurde, sträflich missachtend, veranstalteten die italienischen Camper noch in der Nacht ihrer Ankunft ein Heidenspektakel. Obwohl in der Campingplatzordnung auf die Einhaltung einer strikten Nachtruhe ausdrücklich hingewiesen wurde, stürzten sich die Südländer mit viel Tamtam und unflätigen Ausrufen wie: *Scheißenarschfamilie* oder *altes Geschäftspartnerblödmann saudummes* auf den Eisanhänger und schlugen ihn kurz und klein.

Die ganze Gruppe erhielt umgehend einen fristlosen Platzverweis.

Herr Lampe hatte sich in der Eifel niedergelassen. Dort hatte er Günther Schmidters Geschäftsidee einer Kneipe mit angegliedertem Bestattungsservice aufgegriffen, war damit jedoch kläglich gescheitert.

Die meisten Gäste wollten abends nach der Arbeit einfach nur in Ruhe ein Bier trinken und hatten keinen Nerv, in einem vertraulichen Thekengespräch ihre baldige Bestattung zu planen. Obwohl Herr Lampe alle verkaufstechnischen Register zog, konnte er niemanden zu einem Bestattungsvertrag überreden – alle Gäste gingen fest davon aus, am nächsten Tag leider wie immer früh raus zu müssen und wollten deshalb einfach nur mal kurz (und nicht für immer) abschalten.

Ob der Ex-Seminarleiter das Scheitern seines Bestattungskneipenprojekts als neue Chance begriff, kann nicht beurteilt werden, da er dem Alkohol verfiel und bereits um acht Uhr morgens soviel intus hatte, dass er immer gut drauf war und Scheitern von Chancen nicht mehr recht zu unterscheiden verstand.

Anzumerken ist noch, dass Herr Lampe auf dem Höhepunkt seiner Trinkerkarriere dem örtlichen Schützenverein beitrat. In dessen Analen ging er ein, weil er (abgesehen von dem unbekannten Motorradfahrer) der erste Schützenbruder war, der den traditionellen Brunnenwurf nicht überlebt hatte.

Dino Mantonellis Mama hatte, angeregt durch Günther Schmidters Erzählungen, auf eigene Faust einen Bankraub unternommen uns saß hinter Gittern. Fast wäre ihr dieser Coup sogar gelungen. Sie hatte nur ein Problem mit der Bedienung der Maschinenpistole, die sie sich von Kellner Alfredo ausgeliehen hatte. Da sich unter den Kunden im Schalterraum kein Waffenexperte befand, der ihr einen fachkundigen Tipp hätte geben können, musste sie zu Hause anrufen und dabei machte sie den entscheidenden Fehler: sie erkundigte sich nicht nur nach der Handhabung der Handfeuerwaffe, sondern gab fatalerweise auch noch vier Pizzavorbestellungen der Bankangestellten durch. Anhand dieser Informationen und dank der messerscharfen Kombinationsgabe des ermittelnden Kriminalbeamten konnte Mama Mantonelli zügig ermittelt werden.

Da sie nun ihrer Arbeit in der Küche des Restaurants Cervello für mehrere Jahre nicht nachgehen konnte, musste Dino Mantonelli auf die Schnelle eine neue Köchin engagieren. Hierbei half ihm Günther Schmidter gerne. Durch die Vermittlung des Bestatters fand Heidelinde Mörter im Restaurant Cervello eine neue Wirkungsstätte. Allerdings bekam die ehemals leichte mediterrane Küche des Cervello durch Heidelinde Mörters Kochkunst einen eigenwilligen niederrheinisch-fettigen Grundton. Im Laufe der Jahre mussten immer wieder Stammgäste dem Notarzt übergeben werden, weil sie einer akuten Arterienverfettung erlagen.

Dino Mantonelli und Heidelinde Mörter entwickelten ein enges freundschaftliches Verhältnis. Dies nicht zuletzt deshalb, weil die niederrheinische Kalorienfurie dem Duisburger Gastronomen immer wieder gerne dabei assistierte, unliebsame Geschäftspartner oder Familienfeinde zu beseitigen. Dino war immer wieder begeistert, wie seine Köchin „unverschämte Blödenmänner saudumme" ganz elegant mit der von ihm sogenannte *Metodo Heidelinde* durch Zwangsfütterung ins Jenseits beförderte. Hierbei leistete buttercreme-kontaminierte Schwarzwälderkirschtorte immer wieder gute Dienste.

Pfarrer Wentzlawski wurde mit der Zeit etwas wunderlich. Seine Grabpredigten bekamen eine leicht schrullige Note, da er sich immer mehr darauf versteifte, die Füße des lieben Verstorbenen zum hauptsächlichen Thema seiner religiösen Abschiedsreden zu machen. Interessanterweise spendeten diese kauzigen Todesbetrachtungen den Trauergästen aber doch immer wieder viel Trost – den Abschied von den unteren Extremitäten können die Hinterbliebenen eben meist relativ gefasst verarbeiten.

Zuletzt noch eine Bitte an den geneigten Leser und die geneigte Leserin:
Da die Schmidters immer auf der Suche nach neuen Geschäftsideen sind, würden sie sich freuen, wenn unter *Erlebnisbestattungen@gmx.de* interessante Vorschläge eingehen würden.